Johannes Wilkes, Jahrgang 1961, wurde in Dortmund geboren und absolvierte ein Studium der Medizin in München. Seit mehr als fünfundzwanzig Jahren lebt er in Franken und führt in Erlangen eine sozialpsychiatrische Praxis. Neben populären Sachbüchern schreibt er auch belletristische Werke. So ermittelte Kommissar Mütze u. a. bereits in den Frankenkrimis »Der Fall Rückert« (2016), »Mord am Walberla« (2018), »Tod auf dem Poetenfest« (2019) und »Der Fall Caruso« (2020).

Johannes Wilkes

Der Fall Wagner

Ein etwas anderer Mütze-Krimi

ars vivendi

Originalausgabe

1. Auflage Mai 2021
© 2021 by ars vivendi verlag
GmbH & Co. KG, Bauhof 1,
90556 Cadolzburg
Alle Rechte vorbehalten
www.arsvivendi.com

Umschlaggestaltung: FYFF, Nürnberg
Motivauswahl: ars vivendi
Umschlagfoto: © mauritius images / BAO / imageBROKER
Druck: CPI buchbücher.de GmbH, Birkach
Gedruckt auf holzfreiem Werkdruckpapier
der Papierfabrik Arctic Paper

Printed in Germany

ISBN 978-3-7472-0231-9

Im Gebiet des Grals. Wald, schattig und ernst, doch nicht düster. Felsi-ger Boden. Eine Lichtung in der Mitte. Links aufsteigend der Weg zur Gralsburg, angedeutet. Der Mitte des Hintergrundes zu senkt sich der Boden zu einem tiefer gelegenen Waldsee hinab.

Parsifal, 1. Aufzug

Im Zweifel doch
erbebt des Herzens Grund!
Lohengrin, 2. Aufzug, 5. Szene

SONNTAG

1

»Was ist das?«

»Na, mach's schon auf!«

Ein seltsamer Tag. Was war nur mit Mütze los? Warum tat er so geheimnisvoll? Karl-Dieter konnte sich nicht entsinnen, den Freund, den er heimlich seinen Mann nannte, jemals so verschmitzt erlebt zu haben. Dieses eigenartige Lächeln, das nicht von seinen Lippen weichen wollte, die Einladung zu einem Stadtbummel, und nun die Rast unten am Schwabachufer, am Wasserspielplatz, wo sich jetzt, am späten Sonntagvormittag, nur junge Eltern aufhielten, die abwechselnd auf ihr Handy und nach ihren plantschenden Kleinen sahen. Das Seltsamste aber war die Schachtel mit dem farbigen Bändchen, die Mütze nun so feierlich aus seiner Schimanski-Jacke zog. Was hatte das alles zu bedeuten?

»Jetzt mach's endlich auf!«

»Mach ich ja.«

Karl-Dieter strich verwirrt über das bunte Bändchen. Er hatte weder Geburtstag, noch war ein besonderes Partnerschaftsjubiläum zu feiern, kein Kennenlerntag, keine Unsere-erste-gemeinsame-Currywurst-Gedenkstunde. Und selbst wenn ein solcher Anlass bestanden hätte, hätte sich Mütze hundertprozentig nicht mehr daran erinnert, zumindest nicht, ohne dass Karl-Dieter tags zuvor wie zufällig davon gesprochen hätte. Außerdem machte Mütze ungern Geschenke. Wie pflegte er immer zu sagen? »Man schenkt doch nur aus Konvention oder aus schlechtem Gewissen heraus.« Warum dann heute? Warum die Schachtel mit dem Bändchen? Es war ein ganz gewöhnlicher Junisonntag, wenige Tage vor dem Start der Bergkirchweih. Karl-Dieter sah durch das Geäst der Bäume, über die im Tiefflug ein Storch hinwegglitt, der auf dem Kamin der nahen Steinbachbrauerei sein Nest gebaut hatte. Hinter den Bäumen war ein niedriger Höhenzug zu erkennen, den man den Burgberg nannte, obwohl dort niemals eine Burg stand. Ob Mützes Überraschung für Karl-Dieter damit zusammenhing, mit dem »Berch«, wie man in Franken sagte? Gespannt hielt Karl-Dieter die Schachtel ans Ohr und schüttelte sie vorsichtig hin und her. Es rappelte leicht im Inneren. Waren Biermarken darin? Oder Gutscheine für eine Fahrt mit dem Riesenrad, das sich schon über den Baumwipfeln erhob, bereit, sich zwölf lustige Tage im Kreis zu drehen? Vorsichtig versuchte Karl-Dieter, den Knoten der Schleife zu lockern. Mütze sah ungeduldig zu. Er hätte das Bändchen kurzerhand weggerissen, niemals aber Karl-Dieter. Selbst wenn er vor Neugierde platzte, das Bändchen musste ordentlich gelöst werden, schließlich konnte man es ja wiederverwerten. Endlich gab der Knoten nach, und die Schleife ging auf. Karl-Dieter spürte sein Herz klopfen. Was war es wohl, das so geheimnisvoll in der Schachtel klackerte? Doch nicht am Ende, doch nicht vielleicht … Nein, Unsinn! Karl-Dieter verbot sich diesen Gedanken. Nein, kein Ehering! Nur nicht daran denken, nur nicht enttäuscht werden, sich nur nicht zu einem fröhlich-überraschten Gesicht zwingen müssen, wenn Chips für den Autoscooter drin waren. Warum musste Mütze aber auch so geheimnisvoll tun? Erlaubte er sich einen Spaß mit ihm? Schickte er seine Fantasie nur auf Himmelsreise, um sie hinterher grausam abstürzen zu lassen? Nein, das konnte kein Ring sein. Ein Ring machte doch keine Geräusche, ein Ring steckte in so einem edlen Samtdingens und in einer todschicken Verpackung. Diese Schachtel hier aber sah ziemlich gewöhnlich aus. Also, wenn kein Ring, was war es dann? Langsam öffnete Karl-Dieter den Deckel.

»Oh ...« Es gibt Momente, die verändern alles, Momente, nach denen ist nichts mehr, wie es war. Da fegt ein Sturm durch das Leben, ach was, ein Sturm, ein Orkan! Da springen alle Türen auf, da braust und wirbelt es, da klingeln die Ohren, da schießt einem das Blut ins Gesicht, da könnte man singen vor Glück und findet doch keine Worte und stammelt nur tonlos vor sich hin. In der Schachtel lag ein kleiner grüner Schnuller.

2

Was für ein Tag, was für ein Jahr! Schon der Januar hatte ihm ein dickes Überraschungsei ins Nest gelegt; eine Anfrage aus Bayreuth, ob er bei den Festspielen mitwirken wolle. Wie ein Meteorit war die Nachricht in Erlangen eingeschlagen, wenngleich manch Insider von einer logischen Konsequenz gesprochen hatte, hatte man dem Chefbühnenbildner des Theaters Erlangen im Herbst doch erst den Goldenen Hammer verliehen, eine der wichtigsten Auszeichnungen der Branche. Karl-Dieters *Götz von Berlichingen*, aufgeführt auf seiner Hausbühne, hatte für Furore gesorgt. Vor einem schwarzen Hintergrund war immer wieder eine mächtige Eisenhand aufgetaucht, die im Verlauf des Stücks mittels einer raffinierten Fernsteuerung einen Schauspieler nach dem anderen am Schlafittchen gepackt und hinter die Bühne geschleudert hatte. Die Kritiker hatten darin eine eindrucksvolle Warnung vor den Mächten der modernen, sich zunehmend über den Menschen erhebenden Technik gesehen und Karl-Dieter den bedeutenden Preis zuerkannt. Einstimmig. In der Laudatio hatte es geheißen, Karl-Dieter sei mehr als ein Bühnenbildner, er sei ein Szenograf, ein Begriff, mit dem ihn Mütze nun ständig aufzog. Durch den Goldenen Hammer war Freya Wälsungen, die bekannte Regisseurin, eine entfernte Verwandte Richard Wagners, auf Karl-Dieter aufmerksam geworden und hatte ihn für Bayreuth engagiert, für ihre Neuinszenierung des *Parsifal*. Nun steckte Karl-Dieter mitten in den Vorbereitungen, voller Elan und Freude ging er an das Projekt, eigentlich fehlte ihm nichts zu seinem Glück. Eigentlich. – Und uneigentlich? Ja, uneigentlich gab es da natürlich etwas, einen Wunsch, mit dessen Erfüllung er niemals mehr gerechnet hätte. Und nun dieser Schnuller!

Fassungslos drehte Karl-Dieter das Geschenk zwischen den Fingern, auch jetzt wieder, nachdem sie nach Kosbach zurückgekehrt waren, in ihre gemütliche Wohnung, die bald zu klein für sie sein würde. Mützes Diensthandy hatte geklingelt, wegen eines Liebesdramas in Bruck. Ein junger Eltersdorfer hatte gemeint, einer hübschen Bruckerin schöne Augen machen zu müssen, darauf hatte es gewaltigen Ärger mit den Brooklyn Devils gegeben, einer Motorradgang. Die Fäuste waren geflogen, zwei Nasenbeine hatte es zerlegt,

Romeo und Julia in Erlangen. Da hatte sich Mütze in seinen Manta geschwungen und war zum Tatort gebraust.

An nichts anderes als seinen *Parsifal* hatte Karl-Dieter in den letzten Monaten denken können, aber seitdem er die Schachtel geöffnet hatte, waren von einem Augenblick auf den nächsten Richard Wagner und Bayreuth wie weggepustet. Nur noch ein Gedanke tanzte Karl-Dieter noch durch den Sinn, während er im Wohnzimmer auf und ab lief. – Mütze, Mütze, Mensch, Mütze! Das gibt's doch einfach nicht! Jetzt, wo ich mich innerlich bereits von meinem Lebenstraum verabschiedet habe, kommst du mit diesem Schnuller daher! – Aber warum? Was hatte Mütze, der nie ein Kind haben wollte, zum Umdenken bewogen? Karl-Dieter trat ans Fenster und sah zu den Karpfenteichen hinaus, die im grünen Schilfkleid standen. Ob es daran lag, dass er Mütze erneut dabei geholfen hatte, einen Mörder zu überführen? In Neapel, beim Fall Caruso? Unter Einsatz seines Lebens? Vielleicht. Mütze hätte das natürlich nie zugegeben. Er hasste es, wenn Karl-Dieter sich in seine Ermittlungen einmischte. Als Karl-Dieter auf dem Spielplatz wieder einen klaren Gedanken hatte fassen können, hatte er Mütze stammelnd nach dem Warum gefragt: »Warum jetzt, warum der Sinneswandel?« Und was hatte Mütze geantwortet? »Sinneswandel? Wieso Sinneswandel? Ich hatte nur einfach noch nicht den richtigen Schnuller gefunden.«

3

Tiefe Nacht über Erlangen. Zum Glück war der Juni mild, dennoch fror es Tim. Der junge Journalist, der sich selbst lieber Texter nannte, wühlte in seinem Rucksack und zog ein Sweatshirt heraus. Mithilfe trockener Zweige hatte er sich ein kleines Lager gebaut, es mit welken Blättern ausgepolstert, weit drinnen im Unterholz, in sicherer Entfernung von den Spazierwegen, die nach Kalchreuth führten, und wohl auch nach Eckental. Seine Lunge schmerzte immer noch, so wild war er gerannt. Gut, dass er sich in der Gegend auskannte. Natürlich hätte er auch bei einem seiner Freunde klingeln können, hätte dort Unterschlupf gefunden, bei Fabian oder Pit oder auch bei Kristin, obwohl, vielleicht doch besser bei Fabian oder Pit. Er wollte aber möglichst keinen in die Sache mit reinziehen, und so hatte er sich für das Waldquartier entschieden. Wieder und wieder tastete er nach dem Koffer, der unter den Zweigen versteckt lag. Es tat gut, das harte Aluminium zu spüren, es gab ihm Sicherheit, gab ihm Hoffnung. Hier im Reichswald war er fürs Erste sicher, hier würden sie ihn nicht finden. Mann, war das knapp gewesen! Tim schlang die Arme um die angezogenen Beine. Der arme Agni! Ob man ihn vielleicht noch gerettet hatte? Durch eine Notoperation? Unwahrscheinlich. Sein letzter Blick, die gebrochenen Augen, man durfte sich nichts vormachen. Tim ließ den Kopf auf die Knie sinken. Er hatte nichts mehr für den unbekannten Freund tun können. Das Einzige, was er noch machen konnte, machen musste, war, ihre gemeinsame Aufgabe fortzuführen. Dann war Agni nicht umsonst gestorben.

Zwei Kinder, 12 und 13 Jahre alt, in einer Kleinstadt bei Ankara. Ihre Familien leiden schlimm unter dem Diktat des türkischen Präsidenten, die Väter haben ihre Jobs verloren, weil sie nicht mit ihm sympathisierten, weil sie an die Demokratie glauben. Sie bekommen keine neue Chance, keiner traut sich, ihnen Arbeit zu geben. Heimlich weinen die Mütter, versuchen, ihre Tränen vor ihren Kindern zu verbergen. Wie soll es weitergehen? Welche Zukunft haben sie noch? Die Wut der beiden Jungen ist groß. Als sie ein Plakat mit dem Konterfei des Präsidenten sehen, reißen sie es ab. Sie werden erwischt, verhört, vor Gericht gestellt. Die Staatsanwaltschaft fordert Freiheitsstrafen zwischen 14 Monaten und 4 Jahren. Der Richter lässt den Hammer niedersausen, das Urteil wird gefällt. Zwei Kinder, 12 und 13 Jahre alt.

Ein wilder Schwan
flattert matten Fluges
vom See daher:
die Knappen und Ritter
folgen ihm nach auf die Szene.
Parsifal, 1. Aufzug, 2. Szene

MONTAG

4

»Du wuschest mir die Füße: nun netze mir das Haupt der Freund ...«

Fröhlich pfiff Karl-Dieter Parsifals Lied an Kundry mit, als die Tür zu seiner Werkstatt aufgerissen wurde. Freya Wälsungen rauschte herein.

»Da! Lies!«

Schnaubend knallte die Regisseurin einen handgeschriebenen Zettel auf das verwurmte Brett, das ihr Bühnenbildner gerade mit dem Hobel bearbeitete.

»Kannst gerne versuchen, sie anzurufen, vielleicht hast du mehr Glück«, rief die energische Theaterdame, dann stürmte sie wieder davon.

Karl-Dieter schaltete seinen iPod aus und legte das Werkzeug beiseite. Während er die Nachricht las, schüttelte er unmerklich den Kopf. Das passte doch hinten und vorne nicht. Zugegeben, Helin war am Freitag ungewohnt unkonzentriert gewesen, hatte beim Aufbau von Klingsors

Zaubergarten ständig die Blumen verwechselt, dennoch, nichts hatte darauf hingedeutet, dass sie das Ensemble im Stich lassen würde. Etwas musste passiert sein, etwas Außergewöhnliches. Leichtfertig würde Helin nicht gehen, ganz bestimmt nicht. Erstens, weil sie einfach viel zu viel Spaß an der Arbeit hatte, und zweitens, weil sie Helin war.

»Muss kurzfristig weg. Dringende Familiensache. Verzeiht mir, Helin«, stand auf dem Papier.

Karl-Dieter fuhr sich über die Stirn. Dringende Familiensache? Was konnte das heißen? War jemand verunglückt, vielleicht sogar gestorben? Karl-Dieter wusste nicht viel vom Privatleben seiner jungen Assistentin. Sie hatte Theaterwissenschaften und Journalistik studiert, im Herbst wollte sie in ihrer Heimatstadt München ein Praktikum bei den Kammerspielen beginnen, und zwar hinter der Bühne. Bei verschiedenen kleineren Theatern hatte sie schon Erfahrungen sammeln können, die Arbeit als Bühnenbildnerin interessierte sie. Manchmal erzählte sie von ihrem Freund Tim, der sich bescheiden Texter nannte, tatsächlich aber ein Journalist war und seit Kurzem zusätzlich als kreativer Werbemann für Adidas in Herzogenaurach arbeitete. Helin hatte Karl-Dieter auf Anhieb gefallen, spontan hatte er sich für die junge Münchnerin entschieden. Auf die Stellenanzeige für eine Bühnenbildnerassistenz in Bayreuth hatten sich an die hundert Bewerber gemeldet, fünf davon hatte er eingeladen, die Erste war Helin gewesen. Schon als sie ihn begrüßt hatte, mit dem offenen Blick ihrer freundlichen dunklen Augen, war ihm die zierliche Frau sympathisch gewesen, auch hatten ihn ihre bisherigen Arbeiten überzeugt, darunter ein Mond für ein Kinderstück, der wie durch einen geheimen Zauber alle Phasen durchlaufen konnte, von der zartesten Sichel zum satten Vollmond. Den Ausschlag gegeben aber hatte der kleine Vers, den er an einen Balken seiner Werkstatt gepinnt und den sie spontan vorgelesen hatte, als sie ihn entdeckte: »Es war, als hätt' der Himmel die Erde still geküßt«. Den Rest der Strophe hatte sie aus dem Kopf ergänzt: »… daß sie im Blütenschimmer von ihm nun träumen müßt.«

Karl-Dieter war entzückt gewesen. Als Bühnenbildner kam es nicht allein auf das Handwerk an, man musste für das Theater brennen, für die Musik und die Literatur. So hatte er sich vom Fleck weg für sie entschieden. Freya Wälsungen hatte ihren Segen erteilt, obwohl Helin noch ganz am Anfang stand. Umso mehr fühlte sich Karl-Dieter nun für sie verantwortlich. Die Reaktion der Regisseurin sprach Bände, sie hielt ihn für mitschuldig. Wo war Helin? Sie hatte familiäre Wurzeln in der Türkei, hatte gelegentlich davon geschwärmt, von den Sommeraufenthalten als Kind auf dem Lande. Ihre Eltern stammten aus einem kleinen Dorf in der kurdischen Provinz, irgendwo in Anatolien. Ob Helin in die Türkei geflogen war? Aber warum hatte sie ihn nicht angerufen? Helin war doch keine, die vor einem klaren Wort zurückscheute. Karl-Dieter zog sein Handy aus der Latzhose und wählte ihre Nummer. Vergeblich, niemand ging ran.

5

Ob sie schreien soll? Wo Glocken läuten, muss auch eine Kirche sein, und wo eine Kirche ist, leben Menschen. Und selbst wenn sich ihr Gefängnis außerhalb der Stadt befindet, muss es Spaziergänger geben, die an dieser Stelle vorbeikommen, im Frühjahr drängt einen doch alles in die Natur. Zumal heute, an einem Sonntag. Oder ist schon der Montag gekommen? Jedenfalls hat man schönes Sommerwetter vorhergesagt, daran erinnert sie sich, überhaupt erinnert sie sich noch an alles, was vor der Entführung geschehen ist. Vielleicht verläuft ja ein Wanderweg in ihrer Nähe, vielleicht kommt gerade jetzt jemand vorbei. Helin stellt sich aufrecht in die Mitte der Höhle, formt die Hände zu einem Trichter und schreit, so laut sie kann, zum Gewölbe hinauf: »Hilfe!« Höhnisch wirft das Echo ihren Schrei zurück. Sie ruft ein zweites Mal, ein drittes Mal, dann sinkt sie zurück auf ihre Matratze. Kein Mensch kann sie hören. Darauf werden ihre Entführer schon geachtet haben. Sie kann sich die Seele aus dem Leib schreien, hier kommt niemand vorbei.

6

Erlangen ist eine der seltenen Städte, in die man ohne jeden Übergang aus einem dichten Wald gelangen kann. Ein ausgedehnter Staatsforst zieht sich vom östlichen Stadtrand der Hugenottenstadt hinunter nach Nürnberg, ja, in einem weiten Bogen noch um Nürnberg herum. Sebalder Reichswald heißt der überwiegend von Fichten bestandene Forst, benannt nach Sankt Sebald, einer der beiden Stadtkirchen der ehemals Freien Reichsstadt.

Es war am frühen Vormittag, als Tim den Wald am OBI-Kreisel verließ. Schnellen Schritts eilte er durch das neue Stadtviertel am Röthelheim, ein junger Mann von gerade dreißig Jahren, in dessen verfilztem, blondem Haar noch ein paar Fichtennadeln steckten. Die Jeansjacke trug er offen, sodass sie im Wind flatterte. Er war schlank und sportlich. Ohne groß auf den Verkehr zu achten, querte er die Hartmannstraße, lief die Hofmannstraße in westlicher Richtung entlang und dann den Werner-von-Siemens-Ring weiter zur östlichen Vorstadt, um in einem Hinterhof in der Oberen Karlstraße zu verschwinden. Hinter allerlei Gerümpel hatte sich eine kleine Fahrradwerkstatt einquartiert. Die Stahltür stand auf, ein Mechaniker war damit beschäftigt, bei einem aufgebockten Rad die Speichen zu justieren. Als der Mann mit der Jeansjacke eintrat, blickte er erstaunt hoch.

»Tim!«

»Hey, Cem! Entschuldige die Störung, hast du ne Minute?«

»Aber klar.«

Schnell schob der Mechaniker die Tür zu und deutete auf eine Thermoskanne.

»Tee?«

»Gerne.«

Tim setzte sich auf einen Holzschemel, während Cem eine Kiste herbeizog, auf die er zwei zierliche Tassen stellte. In kürzester Zeit erfüllte der Duft von frischer Minze den Raum.

»Was kann ich für dich tun?«

»Kann ich bei dir unterschlüpfen? Nur für ein paar Tage.«

»Ich dachte, du wohnst bei Stefan?«

»Stefans Wohnung haben sie verwüstet.«

»Ach du Scheiße. Wieso das denn?«

Tim beschönigte nichts. Auch wenn er die wichtigsten Dinge verschweigen musste, Cem sollte wissen, woran er war und worauf er sich einließ. Es war nicht ohne Risiko. Dennoch, Tim war überzeugt, dass ihn sein alter Freund nicht hängen lassen würde. Nervös drehte der Mechaniker die Tasse in den ölverschmierten Händen hin und her.

»Klar, geht in Ordnung«, sagte er, ohne Tim anzublicken, »was meinst du, würde dir ein Klappbett in der Werkstatt reichen? Du weißt schon, unsere Kleine ..., alles sehr eng da oben.«

»Die Werkstatt ist voll okay, danke. Ich wusste, ich kann mich auf dich verlassen.«

»Aber nur, weil du mich damals nicht verpfiffen hast«, sagte Cem, und über sein breites Gesicht huschte ein Grinsen.

»Verpfiffen?«

»Weißt schon, als der alte Aubke wissen wollte, wer dem Skelett die Kippe zwischen die morschen Zähne geklemmt hat.«

Sie hatten zusammen die Schulbank gedrückt, hier in Erlangen. Kurz nach dem Abitur waren Tims Eltern nach Virginia gegangen, Siemens-Nomaden, wie so viele Erlanger. Während Cem, der von früh auf ein echter Fahrradfreak gewesen war, sein Hobby zum Beruf gemacht hatte, hatte Tim nach dem Abi ein Volontariat in Istanbul gemacht, erst bei *Tempo*, einem wöchentlich erscheinenden Lifestylemagazin, dann bei der *Hürriyet*, der großen türkischen Tageszeitung. Während eines längeren Schüleraustauschs hatte er schon als 16-Jähriger perfekt Türkisch gelernt und sich von dem Land am Bosporus faszinieren lassen. So war der Wunsch entstanden, einige Zeit dort zu verbringen und erste Schritte in seinem Traumberuf zu machen. Sein ehemaliger Gastvater, ein kleiner Verleger, hatte ihm bei der Jobsuche geholfen. Für ein paar Jahre war er in Istanbul hängengeblieben und kehrte erst vor einem guten Jahr nach Deutschland zurück. Ein finanziell lukratives Angebot, als Werbetexter für Adidas zu arbeiten, hatte ihn in die Heimat gelockt, der eigentliche Grund aber war, dass *Hürriyet*, für die er so gerne geschrieben hatte, von einem regierungstreuen Geschäftsmann gekauft worden war. Seitdem war in der *Freiheit* kein freies Wort mehr möglich.

Warum er das Notquartier brauchte, durfte er niemandem erzählen. Schon gar nicht einem guten Freund wie Cem. So weit hatte es der Schurke von Ankara, den sie ironisch nur *den Sultan* nannten, schon gebracht, dass man mit keinem mehr offen sprechen konnte. Mit den einen nicht, weil man nicht sicher sein konnte, ob man ihnen vertrauen konnte, mit den anderen nicht, um sie nicht in Schwierigkeiten zu bringen. Es war wie verhext, der Riss lief mitten durch die Familien seiner türkischen Freunde. Und, schlimmer noch, selbst zwischen guten Freunden herrschte Sprachlosigkeit. Dabei sehnte sich jeder danach, auszusprechen, was er dachte. Man fühlte sich wie innerlich geknebelt.

Cem griff in einen rostigen Becher und fingerte etwas hervor: »Hier, der Zweitschlüssel zur Werkstatt.«

»Danke! Ist wirklich nur für ein paar Nächte. Und da wäre noch ne Kleinigkeit. Wundere dich bitte nicht, wenn du eine Postkarte aus der Türkei erhältst. Die ist für mich, und sie ist sehr wichtig.«

7

Sie weiß nicht, wie sie hierhergekommen ist. Sie kann sich an nichts mehr erinnern, was nach dem Überfall geschah. Nur an zwei dunkle Männergestalten und daran, dass man ihr etwas aufs Gesicht gedrückt hat, als sie am Sonntagabend noch einen Spaziergang machen wollte, und dass es plötzlich Nacht geworden ist. Nacht herrscht auch in dieser Höhle, kühl und feucht ist es hier, und es riecht muffig. Sie hockt auf einer Matratze, die man ihr auf den nackten Steinboden geworfen hat. Das wollene Laken auf der Matratze fühlt sich rau und kratzig an. Dennoch wickelt sich Helin in die Decke ein und starrt in die Dunkelheit. Nur durch eine schmale, von unten nicht sichtbare Spalte im hohen, sich verzweigenden Höhlengewölbe dringt ein matter Schimmer. Trübe gleitet er die feucht glänzende Felswand hinunter und streicht zuletzt über eine rostige Eisentür, die ihr Verlies verschließt. »Verlies kommt von verlassen«, denkt Helin und streicht sich die schwarzen Haare aus dem Gesicht. Noch hat sie keine Menschenseele zu Gesicht bekommen, dennoch glaubt sie zu wissen, wer sie entführt hat. Und warum.

8

Als Tim wieder auf die Straße trat, zog er gedankenversunken sein Handy aus der Jackentasche, steckte es aber schnell wieder ein. Es war besser, es vorerst abgeschaltet zu lassen. Nachdem die Sache mit Stefans Wohnung passiert war, hatte er den Akku entfernt und es nicht wieder benutzt. Das war das Sicherste für ihn und für Helin. Hoffentlich versuchte sie nicht, ihn zu finden. Unmittelbar nach der Verfolgungsjagd Samstagnacht, als es ihm wie durch ein Wunder gelungen war, die Mörder abzuschütteln und sich mit dem Aktenkoffer auf dem Johannisfriedhof zu verkriechen, hatte er sein Smartphone hervorgezogen und mit zitternden Fingern eine letzte Nachricht in die Tasten getippt. »Dringende Recherche. Muss mich komplett zurückziehen. Melde mich in einer Woche wieder.« Und er hatte ein Herz dahinter gesetzt. Helin hatte mit einem Fragezeichen geantwortet. Und einem Smiley. Obwohl ihr bestimmt nicht zum Lächeln zumute gewesen war.

In einem kleinen Schreibwarengeschäft in der Luitpoldstraße besorgte sich Tim einen spitzen Bleistift, eine Briefmarke und eine Postkarte, damit zog er sich auf eine Bank am Zollhausplatz zurück und kritzelte die vereinbarten Zeilen darauf. Dann warf er die Karte ein.

9

»He! Ho! Waldhüter ihr, – Schlafhüter mitsammen, – so wacht doch mindest am Morgen!« Summend zirkelte Karl-Dieter die Autobahnauffahrt entlang. Er kannte ihn auswendig, den *Parsifal*. Wie oft mochte er sich die Oper bereits angehört haben? Dreißigmal? Vierzigmal? Bei jeder seiner Fahrten zwischen Erlangen und Bayreuth erklang nichts als Wagner aus den Ohrstöpseln seines iPods. Nur so ging es, nur so konnte er arbeiten. Er musste das Werk, das er auf die Bühne stellen wollte, völlig in sich aufsaugen, musste trunken werden vom Meer der Worte und Klänge. Dann formten sich in ihm die Bilder, die er brauchte, dann startete der Film in ihm, dann begannen die Figuren zu leben, zu lieben, zu hassen, zu töten und zu verzeihen. Dutzende Male war er akustisch in den *Parsifal* eingetaucht, niemals aber hätte er sich eine Opernaufführung auf dem

Bildschirm angesehen. Nicht, weil er sich nicht dafür interessierte, wie die Kollegen an die Sache herangegangen waren, ganz im Gegenteil, er musste sich zusammenreißen, nicht doch einen Blick in fremde Inszenierungen zu werfen, besonders in die von Schlingensief, der den Gral in einen Kral verwandelt hatte. Karl-Dieters Verzicht hatte einen anderen Grund. Er war zu schwach. Ja, er gestand es sich ein. Er war zu schwach, sich gegen starke Bilder zu wehren. Sie packten, sie ergriffen ihn, wirbelten ihn durcheinander und ließen ihn nicht mehr los. Dann war er verloren, dann stand er im Bann einer anderen Interpretation und konnte sich nicht mehr davon befreien. Und selbst wenn er die Aufgabe in trotzig konträrer Weise löste, immer war sie durch jemand anderen beeinflusst. Wenn ich den Hammer eines Tages für immer an die Wand hänge, sagte er sich oft, dann schaue ich mir all die großen, genialen Opern und Theaterstücke meiner Kollegen an. Und wenn ich dabei vor Neid erblasse – und ganz sicher werde ich das –, so werde ich dennoch mit Stolz sagen können: »I did it my way.«

Vorsichtig fädelte Karl-Dieter auf die Autobahn ein. Jeden Tag fuhr er mit dem Auto von Erlangen zum Grünen Hügel und am Abend wieder zurück. Dabei hatte sich ein merkwürdiges Ritual entwickelt. Bei der Hinfahrt tauchte er mit der A3 durch den Nürnberger Reichswald in südöstlicher Richtung ab, um dann am Kreuz Nürnberg auf die A9 hinauf Richtung Berlin zu schwenken. Zurück aber nahm er von Bayreuth aus die in westlicher Richtung verlaufende A70 nach Bamberg, um von dort den Frankenschnellweg nach Süden zu brausen. Logisch war diese Routenwahl nicht zu erklären, denn der Hinweg war einige Minuten kürzer. Der Grund war ein psychologischer. Auf diese Weise fuhr er täglich im Kreis, und zwar gegen den Uhrzeigersinn, und darauf kam es an. Jeder Schauspieler, der einen Text memorierte, lief in die gleiche Richtung. Konzentrieren und dabei um ein Zentrum laufen, das förderte die Kreativität, und gegen den Uhrzeigersinn ging's dreimal gut. Vielleicht steckte ein geheimer Sinn dahinter. Vielleicht musste jede echte Kunst sich immer gegen den Mainstream richten, musste in ihre eigene, gegenläufige Richtung gehen. Und noch ein weiterer Aspekt steckte in Karl-Dieters eigenwilliger Routenwahl. Auf diese Weise umrundete er exakt das Gebirge, das als Fränkische Schweiz bekannt war. Nicht ohne Grund galt die Fränkische Schweiz als Geburtsort der Romantik in der deutschen Literatur, seit der Pfingstreise von Tieck und Wackenroder. Auch und besonders Richard Wagner hatte sich von der wildromantischen Landschaft, ihren Felsen und Ruinen ansprechen lassen, die Burg von Gößweinstein galt als Vorbild für seine Gralsburg im *Parsifal*. – Der *Parsifal*! Karl-Dieter musste grinsen, als er sich daran erinnerte, wie er Mütze den Inhalt der Wagner-Oper in Kurzform beizubringen versucht hatte.

»Also, da ist der König, Amfortas, der Hüter des Grals. Er ist sterbenskrank, weil er mit der Heiligen Lanze verletzt worden ist, die ihm Klingsor, ein in Ungnade gefallener Ritter, entwendet hatte.«

»In Ungnade gefallener Ritter?«

»Klingsor hatte versagt. Die Ritter mussten keusch leben, Klingsor hatte sich verführen lassen und war deshalb von der Tafelrunde verbannt worden, so eine Art mittelalterlichem Stammtisch. Um wieder mit dabei sein zu können, hat er sich selbst entmannt.«

»Wie bitte?«

»Na ja, du weißt schon, was ich meine.«

»So ein Käse! Wer entmannt sich denn, nur um wieder zum Stammtisch zu dürfen?«

»Du natürlich nicht – zum Glück! –, es hat ihm auch nichts geholfen, er durfte dennoch nicht mehr auf die Gralsburg. Da hat er sein eigenes Schloss daneben gepflanzt und sich die tollsten Frauen geholt.«

»Die tollsten Frauen? Ich dachte, er hatte sich entmannt?«

»Um die anderen Ritter in die Falle tappen zu lassen.«

»Venusfalle, ich verstehe.«

»Dem kranken Amfortas aber ging es immer schlechter, ihn konnte nur einer heilen, ein tumber Tor.«

»Tumber Tor?«

»Eine reine Seele eben, damit ist Parsifal gemeint. Parsifal zieht los, um die Heilige Lanze von Klingsor zu holen, der aber lässt Kundry auf ihn los, die raffinierteste aller seiner Frauen.«

»Und? Kriegt sie ihn in die Kiste?«

»Mütze! Wie redest du!«

»Jetzt sag schon.«

»Sie gibt alles, er aber weist sie zurück.«

»Ist er vielleicht schwul?«

»Nicht jeder, der eine Frau zurückweist, ist schwul, lieber Mütze.«

»Na ja, Knuffi, wer sich mehr für die Lanze von diesem Klingsor interessiert als für eine schöne Dame ... Da braucht man wirklich nicht Sigmund Freud zu heißen.«

»Du und deine Küchenpsychologie! Hier geht es um ein Bühnenweihespiel, um höchste Kunst und edelste Motive. Und du kommst mit Freud daher.«

»Mein ja nur. Und gelingt es Parsifal, den König wieder hinzubiegen?«

»Um das herauszufinden, musst du bis zur Premiere warten, hier ist deine Ehrenkarte!« Karl-Dieter schüttelte grinsend den Kopf. Ach, Mütze! Prolet blieb halt Prolet, und doch, ein bisschen Parsifal, steckte der nicht auch in Mütze? Wie konnte er sich in einen Fall verbeißen, mit welchem Eifer jagte er das Verbrechen! War er nicht auch ein Held, ein Kämpfer für das Gute? Und nun der Schnuller! Karl-Dieter trug ihn ständig bei sich. Mit dem Schnuller in der Tasche war ihm die Arbeit federleicht vorgekommen, die Ideen waren nur so gesprudelt, hell und klar wie das Wasser einer Alpenquelle. Karl-Dieters Herz, es hüpfte wie kaum jemals zuvor, ein stiller Jubel erfüllte seine Brust und wollte nicht mehr weichen. War es zu glauben? Sie würden Vater! Es war zu verrückt. Heute Abend wollte er mit Mütze einen Spaziergang um die Kosbacher Teiche machen und dabei die Details festklopfen. Die Details! Das war der kleine Wermutstropfen. Leider war es wenig romantisch, als schwules Pärchen ein Kind zu bekommen. Wie beneidete Karl-Dieter die jungen Heteros. Sie machten eine Flasche Wein auf, setzten sich zu einem romantischen Abendessen nieder, purzelten anschließend ins Bettchen, und neun Monate später hielten sie ihr süßes Glück in Händen. Für Mütze und ihn aber waren zahlreiche technische und rechtliche Dinge zu klären – und nicht zuletzt die finanziellen. Das Dümmste aber war: Man war auf andere Menschen angewiesen. Das verkomplizierte das Kinderkriegen furchtbar. Aber so war es nun mal, das ließ sich nicht ändern, und sich über etwas Gedanken zu machen, das nicht zu ändern war, war sinnlos.

»Er naht – sie bringen ihn getragen. – O weh! Wie trag ich's im Gemüte, in seiner Mannheit stolzer Blüte ...« Karl-Dieter sah die Burg Scheßlitz vorbeiziehen. Was für einen Spaß würde er haben, mit ihrem kleinen Ritter zu spielen, mit ihm all die vielen Dinge zu entdecken, die diese schöne Welt demjenigen bot, der ihr mit offenem Blick begegnete. Und wenn es eine Prinzessin würde, umso schöner! Dann war er ihr starker Beschützer, der es mit jedem Drachen aufnahm, der sich ihr näherte.

Karl-Dieter überholte gerade einen Lastwagen, als jemand hinter ihm eine Salve aus der Lichthupe abfeuerte, erschrocken zog er nach rechts. »Behutsam! Hört, der König stöhnt.«

Er versank wieder im Strom seiner Gedanken. Wenn nur nicht dieser kleine, gemeine Zweifel wäre, dieser hässliche Wurm, die Angst, die an seinem Jubel nagte, sinnierte er. Was, wenn es sich Mütze inzwischen wieder anders überlegt hatte? Was, wenn sein schöner Traum zerplatzte wie eine schillernde Seifenblase? Zwar war Mützes Ja stets ein Ja und sein Nein ein Nein. Aber hatte er sich in der Babyfrage nicht vom Nein zum Ja bewegt? Und hieß das nicht, dass es auch andersherum passieren konnte? Dass aus dem Ja wieder ein Nein werden konnte? Was dann?

Die Sonne senkte sich hinter den Höhen des Steigerwalds, die Türme von Bamberg tauchten auf. Wie von der geschickten Hand eines Scherenkünstlers ausgeschnitten lag die Silhouette der Domstadt vor ihm, die Altenburg, der Michelsberg, der Kaiserdom. Amfortas, der kranke König, sang: »Ich harre dess', der mir beschieden: ›durch Mitleid wissend‹ – war's nicht so?« Und mit diesem Lied spürte Karl-Dieter die Zuversicht zurückkehren. Wie eine Lerche in den Sommerhimmel stieg ein Glücksgefühl in ihm auf. Aus voller Kehle fiel Karl-Dieter mit ein, ziemlich schräg zwar, aber wen störte das? Wenn das Herz überquoll, verstummten alle ästhetischen Argumente. An Helin verschwendete Karl-Dieter keinen Gedanken mehr. Er war ihr nicht böse, nicht wirklich. Sie würde schon ihre Gründe haben, und er kam auch ohne sie zurecht: »›der reine Tor‹ – Mich dünkt ihn zu erkennen ...«

10

Tim lief die Strecke zurück, die er gekommen war, zurück zum OBI-Kreisel. Warum musste er ständig an Helin denken? Er hatte jetzt doch ganz andere Sorgen! Nun kam es darauf an, den Koffer unbemerkt in die Werkstatt zu schmuggeln. Was für ein Glück, dass er gestern nicht sogleich in Stefans Wohnung zurückgelaufen war, sondern sich bis nach Mitternacht auf dem Johannisfriedhof versteckt hatte. Dann erst hatte er sich zu seiner Wohnung getraut. Armer Stefan! Die Kerle hatten wirklich gründlich gewütet. Alle Schranktüren hatten sie aufgerissen, die Schubladen herausgezogen und umgedreht, die Bodenvase aus chinesischem Porzellan zerbrochen, in wildem Durcheinander lagen Stefans gesamte Habseligkeiten verstreut. Den Computer des Freundes hatten sie mitgehen lassen, ob sonst noch was fehlte, vermochte Tim nicht zu sagen. Gut, dass er seinen eigenen Laptop bei Adidas gelassen hatte. Seine sieben Sachen hatte er schnell zusammengeklaubt und in seinen Rucksack gestopft, dann war er davon. Aufzuräumen hatte er sich nicht getraut. Wer wusste schon, ob die Gangster nicht zurückkamen oder die Wohnung verwanzt hatten? Solange sie nicht gefunden hatten, wonach sie suchten, würden sie ihn weiter jagen.

Genau wie Cem kannte er Stefan aus der Schule, von der gemeinsamen Zeit am Albert-Schweitzer-Gymnasium.

Zu dritt hatten sie das Redaktionsteam der Schülerzeitung gebildet, Stefan, Cem und er. *Alterlanger Allgemeine* hatten sie ihr monatlich erscheinendes Blatt selbstironisch genannt, und doch hatte dabei auch ein gewisser Stolz mitgeschwungen. Stefan hatte dann Medizin studiert und war als junger Arzt vor einem Jahr zu einem Forschungsaufenthalt nach Boston gegangen. Das hatte sich gut getroffen, so hatte Tim, der gerade das Angebot von Adidas bekommen hatte, als Untermieter bei ihm unterschlüpfen können und sein Lager in Stefans renovierungsbedürftiger Altbauwohnung in der Nürnberger Südstadt aufgeschlagen, nicht weit vom Hauptbahnhof entfernt, vierter Stock ohne Balkon. Stefan hatte die meisten Sachen daheim gelassen und nur ein Zimmer freigeräumt, was Tim vollkommen genügte. War ja nicht einfach, in Nürnberg etwas Bezahlbares zu bekommen, seitdem die Mieten durch die Decke gingen, und ob der Job bei Adidas etwas Dauerhaftes war, würde sich erst herausstellen. Die Wohnung hatte Tim auf Anhieb gefallen, der aus der Zeit gefallene Terrazzoboden in der Küche, die Stuckdecken, die Holzdielen, die bei jedem Schritt knarzten. Und nun dieses Chaos! Irgendwann würde er Stefan den Schaden ersetzen, schwor sich Tim, nun aber waren andere Dinge dringlicher. Hoffentlich kam der verdammte Code für den Koffer bald. Angeblich lief die Post zwischen der Türkei und Deutschland seit einiger Zeit wie auf Schienen, aber konnte man sich darauf verlassen? Tim wischte sich über das Gesicht. War die Sache nicht eine Nummer zu groß für ihn? Der letzte Blick des sterbenden Agni ging ihm nicht aus dem Sinn.

Es scheint Abend zu werden. Der trübe Schein aus dem hohen Felsgewölbe kriecht sterbend über die nackten Mauern. Wie spät mag es sein? Sechs Uhr? Vielleicht auch erst fünf. Helin kann nur raten. Selbst die Armbanduhr, ein Geschenk ihres Vaters, hat man ihr abgenommen, sie hat jedes Zeitgefühl verloren. Ob es das ganze Jahr so verflucht kalt ist in diesem Gefängnis? Sie hat einmal gehört, in manchen unterirdischen Höhlen steige die Temperatur nie über zehn Grad, selbst im heißesten Sommer nicht. Als kleines Mädchen, bei einem der Sommerurlaube bei ihren Großeltern in dem kleinen kurdischen Dorf, hatte Bapi, wie sie ihren Großvater nannte, mit ihr einen Ausflug zu den Ausläufern des Zagrosgebirges gemacht, in den Norden des Iraks. »Türkei oder Irak«, hatte Bapi beim Passieren des Grenzpostens gemurmelt, »eigentlich ist es immer nur ein Land: das von uns Kurden.« Auf über siebenhundert Metern Höhe, am Großen Zab, stoppte der Großvater seinen Toyota, und sie gingen in eine große Höhle hinein. Wie angenehm war es gewesen, in der Kühle der Höhle zu picknicken. »Hier haben schon vor fünfzigtausend Jahren Menschen gelebt«, hatte ihr Großvater erzählt, »man hat hier Knochen gefunden, Knochen von Neandertalern. So alt ist unsere Kultur bereits, und vielleicht noch viel älter.«

Ach, Bapi! Damals hatte sie sich vor der Höhle nicht gefürchtet, und auch jetzt will sie sich nicht fürchten. Als sie aufs Gymnasium kam, hat sie im Atlas nachgesehen, wo Kurdistan liegt, und es nicht gefunden, das hat sie verwirrt. Konnte es ein Land geben, das nicht in ihrem Diercke-Atlas verzeichnet war?

Immer noch ist sie eng in die Decke gewickelt, während

sie auf der flachen Matratze hockt. Wie eine verlassene Squaw sieht sie aus. Langsam merkt sie, dass sich der Hunger meldet. Auf dem Boden steht ein Karton voller Keksrollen, auch eine Kiste Mineralwasser hat man ihr hingestellt. Bislang hat sie alles mit Verachtung gestraft, nun aber öffnet sie eine Wasserflasche und macht sich über die erste Keksrolle her. Warum kommt keiner vorbei? Was haben die Kerle mit ihr vor? Sie setzt die Flasche an und spült die letzten Kekskrümel hinunter. Damals holte Bapi in der Höhle den wunderbaren Salat von Großmutter aus dem Korb, mit dem Käse der eigenen Schafe, mit roten Zwiebelstückchen, Tomaten, Auberginen und den so würzigen schwarzen Oliven, die die Großmutter in einer dickbauchigen Flasche aufzubewahren pflegte. Dazu hatte Bapi frisches Fladenbrot in Stücke gerissen, Brot von Miran, dem dicken Bäcker ihres Dorfes, der sie mit seinen Fratzen immer zum Lachen brachte. Was würde sie heute für sein Brot geben!

Sie streckt sich auf der Matratze aus. Ob Tim schon etwas ahnt? Nicht sehr wahrscheinlich. Warum musste er sich auch so geheimnisvoll von ihr verabschieden? »Melde mich in einer Woche wieder«, hat er geschrieben. Was soll das heißen? Wahrscheinlicher ist, dass das Theater sie als vermisst meldet. Bestimmt macht sich Karl-Dieter die größten Sorgen. Ausgerechnet heute ist doch ihr großer Tag, der Tag, an dem ihr Storch das Fliegen lernt. Wie soll Karl-Dieter das ohne sie schaffen? Ob man bereits nach ihr sucht? Ob man bereits die Polizei informiert hat? Aber wer soll sie an diesem gottverlassenen Ort finden? Sie weiß ja selbst nicht, wo sie hingeraten ist.

Eine Frage hämmerte Tim durch das Hirn, pausenlos und ohne dass er zu einem Ergebnis gekommen wäre. Wie hatte der türkische Geheimdienst, der MIT, herausfinden können, dass er in der Wohnung von Stefan wohnte? Dass dieser hinter dem Anschlag steckte, war für Tim sonnenklar. Schließlich hatte er schon seine Erfahrungen mit dem gefürchtetsten aller türkischen Geheimdienste machen müssen, damals auf Büyükada, der Prinzeninsel vor Istanbul, als Teilnehmer des Journalistenseminars der türkischen Sektion von Amnesty International. Nur weil er gerade auf der Toilette war, hatten sie ihn nicht verhaftet, während alle anderen im Knast gelandet waren, auch Paul, die ehrliche Haut aus Berlin, der Menschenrechtsaktivist. Der MIT wurde auch Pitbull des Sultans genannt, er scheute vor nichts zurück, wie man an dem feigen Mord an Agni gesehen hatte. Woher aber hatten die Typen gewusst, dass er bei Stefan in der Nürnberger Südstadt Unterschlupf gefunden hatte? Sie kannten seine Identität nicht und hatten ihn zudem bei der Verfolgungsjagd verloren. Auf seinem Nachtlager im Sebalder Reichswald hatte Tim lange darüber nachgedacht. Letztlich konnte es nur eine Erklärung geben: Dem MIT war es gelungen, sein Handy zu orten, wie auch immer er das angestellt hatte. Er benutzte für die Zeit dieses Einsatzes ja extra nur ein altes Prepaidhandy, so, wie er es in den Seminaren von Amnesty gelernt hatte. Nur selten und wenn er sich absolut sicher fühlte, nutzte er sein Smartphone, meistens aber hatte er es ausgeschaltet. Ob die Türken mit den deutschen Diensten zusammenarbeiteten? So verrückt das klang angesichts der miserablen Beziehungen, die die beiden Länder seit einiger Zeit hatten, auszuschließen war eine solche Kooperation keineswegs. Man konnte nichts mehr ausschließen. Selbst Europol nahm auf Wunsch des Sultans missliebige Landsleute in Europa fest. Auch in Deutschland. Und hatte man nicht aufgrund von Interventionen der türkischen Regierung beim Hamburger G7-Treffen bereits akkreditierten Journalisten den Zutritt verweigert? Hatte man nicht querdenkende Türken, die von Deutschland aus Opposition betrieben, in München vor Gericht gestellt und abgeurteilt? Wegen angeblicher Mitgliedschaft in einer Terrororganisation? Weit reichte der Arm des Sultans. Und seine Tentakel wurden immer länger.

Deshalb war Tim nicht zur Polizei gegangen. Als Zeuge des brutalen Mordes hätte er sich natürlich melden müssen, damit aber hätte er sein Todesurteil unterschrieben, dann hätte auch der türkische Geheimdienst erfahren, wer er war. Hundertprozentig. Ob sie es jetzt wussten? Nachdem sie die Wohnung von Stefan ausfindig gemacht hatten? Nicht unbedingt. Selbst wenn sie sein Handy geortet hatten. Auf sein Handy konnten sie durch den Abgleich mit den Bewegungsdaten ihrer eigenen Handys gekommen sein, als er sich den Koffer geschnappt hatte, als sie ihn verfolgt hatten, durch den U-Bahnhof, die Treppen hinauf, ins Parkhaus hinein, wo es ihm schließlich gelang, sie abzuschütteln, waren sie ja schließlich dieselbe Strecke gelaufen. Wenn seine Verfolger Zugriff auf Mobilfunkdaten hatten, und davon war auszugehen, hatten sie leicht herausfinden können, welches Handy er in der Tasche gehabt hatte. Vielleicht auch mithilfe der Russen. Der türkische Sultan und Zar Putin I. verstanden sich ja plötzlich prächtig. Nachdem die Mörder seine Spur verloren hatten, hatten sie versucht, ihn anhand seines Handys zu orten. Sie hatten ein Bewegungsprofil von ihm erstellt, so waren sie auf Stefans Wohnung gestoßen.

Auf dem Klingelschild aber stand nur der Name von Stefan, nicht der seine. Auch hatte Tim mit den Nachbarn keinen Kontakt gehabt, möglicherweise hatte er also noch einmal Glück, und sie wussten immer noch nicht, wer er war.

Tim überquerte die Kurt-Schumacher-Straße und tauchte wieder in den Reichswald ein. Mit Schaudern dachte er an den Moment zurück, als Agni vor ihm zusammengebrochen war. Dieser Ausdruck in seinen Augen, das Blut auf seinem T-Shirt. Seine Mörder hatte der Sterbende ignoriert. Nur ihn hatte er angestarrt, mit einem schmerzverzerrten, fast flehenden Blick. Reflexhaft hatte Tim nach dem Aktenkoffer gegriffen und war davongestürmt, einen kurzen Moment der Überraschung nutzend, den der Schrei einer älteren Dame verursacht hatte. Nur wenige Augenblicke später waren die beiden Kerle hinter ihm her. Zu seinem Glück hatten sich viele Reisende auf dem Bahnsteig gedrängt, das Gewühl auf den Treppen behinderte seine Verfolger und verschaffte ihm einen kleinen Vorsprung. Durch den Nordausgang verließ er die U-Bahn-Station und spurtete zu den Parkhäusern. Dort hatte er Katz und Maus mit seinen Verfolgern gespielt, um dann an den Touristenparkplätzen vorbei das Flughafengelände an einer versteckten Stelle zu verlassen. Vor Aufregung zitternd hatte er auch sein Prepaidhandy ausgeschaltet und war weiter Richtung Knoblauchsland gelaufen, wo er sich zunächst im Irrhain, einem labyrinthartigen Poetenwäldchen aus der Barockzeit, versteckt hatte, ehe er in den Reichswald geflüchtet war.

Tim hatte die alte Marter erreicht, die Markierung, die sein Versteck kennzeichnete. Sein rechter Oberschenkel war angeschwollen und schmerzte wie der Teufel. Das Hämatom hatte er sich bei seiner Flucht zugezogen. Er musste gegen irgendeinen Poller gestoßen sein, während er sich nach seinen Verfolgern umgedreht hatte. Humpelnd schlug er sich ins Unterholz. Der arme Agni. Ob das sein echter Name war? Tim hatte ihn nie zuvor zu Gesicht bekommen. An dem metallisch glänzenden Aktenkoffer und dem roten Band am Hut hatte er ihn erkannt. Er war nur der Bote gewesen, der Kofferkurier aus Istanbul. Aber was hieß schon »nur«? Agni hatte seinen Einsatz mit dem Leben bezahlt, er war ein Held. Eines Tages würde man ihm in der Türkei ein Denkmal setzen, das schwor sich Tim. Als er sein Nachtlager erreichte, fing sein Herz an zu klopfen. Mit Erleichterung stellte er fest, dass der Koffer noch an seinem Platz war. Wenn sie recht hatten, bedeutete der Koffer alles. In ihm war die Wahrheit verwahrt, und doch war der Koffer nichts wert ohne die Zahlenkombination, mit der er zu öffnen war. Zwei Männern nur war diese bekannt: Agni und dem Mann, den sie Kronos nannten. Agni hatte den Code mit in den Tod genommen, nun blieb nur noch Kronos, der Mann, der das Ganze eingefädelt hatte, die letzte Hoffnung all der vielen ehrlichen Türken, die noch an die Demokratie glaubten.

Die Postkarte, alles hing jetzt an der Postkarte. Er hatte sie an die vereinbarte Adresse geschickt, an Sarah, eine ältere Frau, die in einem kleinen Dorf bei Istanbul wohnte. Tim kannte sie nicht. Sarah war ihre Verbindungsfrau für unvorhergesehene Umstände. Dem Internet trauten sie nicht, selbst das Darknet war nicht sicher. Auch Telefonieren kam nicht infrage. Überall konnte man abgehört werden. Neben all den anderen Eingriffen in die Bürgerrechte hatte der Sultan als Erstes die Überwachung ausbauen lassen. Die Notstandsgesetze, die er mit dem Putschversuch begründete und die er immer wieder verlängerte, gaben ihm freie Hand. Von Anfang an hatten sie deshalb auf die gute alte Post zurückgegriffen. Und was war unauffälliger als eine Postkarte? Tim hatte eine Ansichtskarte vom Erlanger Schloss gewählt und drei banale Grußsätze zusammengekritzelt. Die eigentliche Botschaft steckte woanders. Wenn die Postkarte bei der alten Dame eingetroffen war, würde sie umgehend Kronos informieren. Tatsächlich hieß er natürlich anders, aber das ging keinen etwas an. Kronos würde in die kleine Küche der alten Dame kommen und einen Kessel Wasser aufsetzen. Wenn der Kessel pfiff, würde er die Karte in den Dampf halten. Die Briefmarken würden sich lösen und eine feine Bleistiftschrift würde zum Vorschein kommen. Seine Schrift. Ein Satz nur, eine dringende Bitte: »Schickt mir den Schlüsselcode für den Koffer!« Darunter hatte er den Namen und die Adresse von Cem notiert. Mit verdammt schlechtem Gewissen. Aber es ging nicht anders. Wen sonst hätte er als Adressaten für die Rückantwort wählen sollen?

Auch wenn er ein Weilchen auf den Schlüsselcode warten musste, wollte er sich den Koffer doch jetzt schon holen und ihn woanders verstecken. Zwar war kaum anzunehmen, dass ihn jemand im Wald fand. Ehemals hatte dieser Teil des Reichswaldes zum Militärgelände der Amerikaner gehört, zahlreiche Schilder warnten davor, die Wege zu verlassen, überall konnte Munition herumliegen. Dennoch, Tim wollte auf Nummer sicher gehen. Zum Glück war die Chance groß, dass sie zumindest seinen Namen noch nicht herausgefunden hatten. Gut, dass er auf den Rat gehört hatte, ein Prepaidhandy zu benutzen. Hätte er sein Smartphone angeschaltet, wüssten sie schon längst, wer er war. Der Besitzer eines Vertragshandys war von einem Geheimdienst ruckzuck ermittelt. Bei einem Prepaidhandy aber blieb man anonym. Natürlich wäre es noch besser gewesen, er hätte auch das Prepaidhandy früher ausgeschaltet, schon auf dem Weg zum Flughafen und nicht erst danach. Dann wären die Verbrecher niemals auf die Wohnung von Stefan gekommen. Tim setzte sich neben den Koffer und packte den Apfel aus, den ihm Cem mitgegeben hatte. Er wollte hier bis zum Abend warten.

13

Die Karpfenteiche lagen schon in samtschwarzer Dunkelheit, als Mütze und Karl-Dieter ihren Spaziergang machten. Tief im Westen aber, dort wo sich der Campus von Adidas futuristisch wie ein Raumschiff erhob, strich noch ein heller Streif über den Himmel, die Nacht hatte es nicht eilig, jetzt, zur schönen Junizeit. Sanft schwängerte der Duft der Feldblumen die laue Sommernacht, und aus den Gräben erklang der Gesang der Frösche. Hatte Karl-Dieter noch eine letzte geheime Sorge verspürt, so löste sie sich jetzt endgültig in Luft auf. Mütze stand zu seinem Versprechen. Es drängte Karl-Dieter danach, ihm einen Kuss zu geben, aber er wusste, dass der Freund solche Zärtlichkeiten nicht mochte, nicht in der Öffentlichkeit. Wobei, von Öffentlichkeit zu sprechen, während man um die Kosbacher Weiher spazierte, war schon ziemlich kühn. Nirgends war Erlangen einsamer. Nur ein stumm auftauchender Karpfen hätte den Kuss mitbekommen, aber Karpfen konnten bekanntlich schweigen, zudem war es wissenschaftlich nicht geklärt, ob sich Karpfen für die Küsse der Menschen interessierten.

»Aber bitte nicht in Indien«, sagte Karl-Dieter.

»Warum nicht? Sie sollen gute Kliniken haben und noch dazu vernünftige Preise.«

»Bitte nicht, bitte in den USA.«

»Mensch, Knuffi, weißt du, was uns das kostet? Die Diskussion hatten wir doch schon. Unter hundertfünfzigtausend Euro geht bei den Amis gar nichts.«

Karl-Dieter schwieg. Es war besser, sich nicht zu streiten, nicht jetzt, wo alles seinen zarten Anfang nahm. Er würde schon noch Mittel und Wege finden, das Geld aufzutreiben. Warum mussten sie in Deutschland aber auch noch hinter dem Mond leben? Warum war eine Leihmutterschaft hier nicht zulässig für ein schwules Paar? Warum wurde man zu Eltern zweiter Klasse abgestempelt, bloß weil man das falsche Geschlecht besaß? Warum wurde man ins Ausland vertrieben wie ein Verbrecher, der etwas Unrechtes plant? Kein Vater konnte sein Kind mehr lieben, als er es tun würde, und auch Mütze würde auf seine Weise ein richtig guter Vater werden. Warum akzeptierte man das nicht?

»Was hältst du von Nico?«, fragte er, um das Thema zu wechseln.

»Nico? Von welchem Nico?«

»Mensch, Mütze, ich meine den Namen. Nico, als Namen für unser Kind.«

Als Karl-Dieter diesen Satz aussprach, rieselte es ihm heiß den Rücken hinunter: »Unser Kind« – wie sich das anhörte! Und nun passierte es doch, spontan drückte er Mütze einen Kuss auf die Wange. Sollte er denken, was er wollte, das musste einfach sein.

14

Es ist still. Totenstill. Nur ihren Atem hört Helin, sonst nichts, und ihr Atem geht jetzt oft so schwer. Sie ist direkt froh, wie es kracht, wenn sie in einen Keks beißt. Manchmal hält sie die Luft an. Dann ist ihr, als wären da leise Geräusche zu hören. Ob es hier Mäuse gibt? Da ist es wieder, dieses leise Kratzen, wie wenn kleine Krallen über Steine huschen. Wo nur hat man sie hingeschleppt? Ihre Augen haben sich mittlerweile an das Dunkel gewöhnt. Sie sieht nun Dinge, die sie zunächst nicht wahrgenommen hat. Oder scheint draußen der Mond und wirft etwas von seinem Silberschein in eine Höhlenspalte? Die hohen Felswände, die ihr Gefängnis begrenzen, sind an vielen Stellen von einer feinen Schicht überzogen, wie Zuckerguss sieht das aus. Vermutlich Kalkablagerungen. Die ganze Höhle wirkt, als hätte kein Mensch sie je betreten, wäre da nicht die vermauerte Wand mit der Eisentür und das seltsame Gekritzel am Fels, *Bau3*, drei Buchstaben und eine Zahl, mehr nicht. Weit oben verschachtelt sich das Gewölbe und macht zuletzt einen Knick. Selbst wenn sie sich in die äußerste Höhlenecke drängt, kann sie nicht erkennen, woher der schwache Schein kommt, den ein Himmelslicht in ihr Verlies schickt. Ob es dort einen Durchlass gibt, ein Loch, so groß, dass man sich hindurchzwängen kann? Wie aber soll sie nach oben gelangen? Zwar sind die Felswände nicht vollkommen glatt, an ihnen hinaufzuklettern aber erweist sich als Ding der Unmöglichkeit, selbst für eine sportliche junge Frau wie Helin. Ein paarmal hat sie es probiert, es jedoch schnell wieder aufgegeben. Zwei Meter etwa hat sie geschafft, vielleicht sogar drei, dann musste sie wieder hinunterspringen. Jeder Fluchtversuch ist aussichtslos.

Ihr bleibt nichts anderes übrig, als zu warten. Irgendwann muss ja jemand nach ihr schauen. Als sie nach einem neuen Keks greift, stutzt sie und hält den Atem an. Leise, aber deutlich zu vernehmen hört sie Glockengeläut, sehr fern und klagend, und es gibt ihr etwas Hoffnung zurück.

Dennoch friert es sie wieder, trotz der Decke. Das Einzige, was die Kälte vergessen lässt, ist, sich zurückzuträumen. Sie erinnert sich an die erste Begegnung mit Tim. Bevor sie sich für die Arbeit als Bühnenbildnerin entschied, hatte sie sich neben dem Studium der Theaterwissenschaften zur Journalistin ausbilden lassen und sich hierfür erfolgreich um ein Stipendium der Konrad-Adenauer-Stiftung beworben. Gemeinsam mit zwanzig weiteren Stipendiaten der Journalistenförderung nahm sie im Herbst letzten Jahres an einem Seminar im Haus der Stiftung am Berliner Tiergarten teil. Besonders gespannt war sie auf einen Referenten, der als Deutschlandkorrespondent für die türkische Zeitung *Hürriyet* gearbeitet hatte. Nachdem sie ihn zu Beginn über die Arbeitsbedingungen gelöchert hatten, über die Pressefreiheit in der Türkei und ob er Angst davor habe, offen zu berichten, gab er ihnen zum Ende des Vormittags einen überraschenden Auftrag. Sie sollten einen Text über eine Beerdigung schreiben, egal, ob wirklich erlebt oder frei erfunden, egal, ob die Person, die zu Grabe getragen wurde, eine bedeutende Persönlichkeit war oder nur ein einfacher Mensch. Dafür hatten sie eine Stunde Zeit. Helin war erst bei einer einzigen Beerdigung dabei gewesen, bei der ihres Großvaters. Aber darüber konnte sie nicht schreiben, das hätte sie zu sehr angegriffen. So entschied sie sich, über eine Beerdigung zu schreiben, von der ihr eine Freundin erzählt hatte, und zwar so lebhaft, dass sie ihr klar vor Augen stand:

Sari Gelin – Blonde Braut

»Hunderttausend Menschen begleiteten ihn auf seinem letzten Gang«, wird am nächsten Tag in den Zeitungen stehen. »Bei seinem letzten Gang«, eine seltsame Formulierung. Er kann doch nicht mehr gehen, ist darauf angewiesen, dass die Sargträger den Weg finden, den Weg von der Kirche Meryem Ana im Istanbuler Stadtteil Kumkapi über die Unkapani-Brücke zum Friedhof Balikli. Sicherlich wäre er gerne auf eigenen Beinen durch Istanbul spaziert, hat er doch das Leben geliebt mit ganzer Seele. Trotz allem. Trotz der Beleidigungen, trotz des Hasses, der ihm entgegenschlug. Er hat dem Hass den Weg in sein Herz versperrt, und er ließ sich nicht in eine Schublade stecken. Stolz ist er gewesen, stolz darauf, Armenier zu sein und zugleich ein Türke. Oder sollte ich schreiben: Türke und zugleich Armenier? Unsere Zeit ist unerbittlich und engstirnig. Sie will dich festnageln auf eine einzige Identität, dich ausschließen von allen anderen Formen des Seins. Warum verwirrt es die Menschen nicht, wenn ein Schmetterling mit rot-weißen Flügeln angeflattert kommt, und nicht ausschließlich rot oder ausschließlich weiß?

Man hat ihn heimtückisch ermordet, Hrant Dink, den mutigen Journalisten, vor dem Verlagshaus seiner Zeitung, am 19. Januar 2007 in Istanbul. »Ich hab ihn getötet, den Ungläubigen«, soll der Mörder beim Weglaufen gerufen haben. Hrant Dink, ein Ungläubiger? Seine Ehefrau spricht am Grab, spricht von einem Wiedersehen im Himmel. Sie sind Christen, armenische Christen. In seinen Berichten und Kolumnen hat Hrant Dink für Menschenrechte und Demokratie gekämpft, für die Ehrlichkeit vor der Geschichte. Seine Leser, seine Freunde und Bekannten, alle, die ihn bei seinem letzten Gang begleiten, keineswegs ausschließlich Armenier, empfinden schmerzlich den Grund für seinen Tod. Hrant Dink musste von dieser Welt verschwinden, weil er in mehreren Welten zu Hause war. Alle sind sie ergriffen, sind traurig, ohnmächtig und wütend zugleich. Wie können sie ihren Gefühlen Ausdruck verleihen, wie können sie den Hass besiegen, den Hrant Dink nicht zu dem seinen gemacht hat?

Da stimmt jemand ein Lied an. Es ist kein Abschiedslied, sondern ein populäres Volkslied, ein Lied, das eine Geschichte erzählt, die Geschichte von einem türkisch-muslimischen Jungen und einem armenisch-christlichen Mädchen, »Sari Gelin« – »Blonde Braut« heißt das Lied. Die beiden jungen Menschen lieben sich, sehnen sich nacheinander, doch die Schranken, die ihnen von Religion und Herkunft gesetzt werden, lassen sie nicht zueinanderkommen, ihre Liebe endet unglücklich. Als die ersten Verse erklingen, geschieht ein Wunder: Alle stimmen in das Lied ein, der ganze lange Beerdigungszug. Sie singen es auf Türkisch und auf Armenisch, diejenigen, die den Text nicht sicher können, summen es mit, es löst die Verkrampfung in ihren Herzen. Tränen fließen. Aus den Tränen des Hasses und der Trauer werden Tränen der Zuversicht und der Hoffnung. Sari Gelin. Irgendwann wird diese Liebesgeschichte neu erzählt werden. Irgendwann wird das Verbindende über das Trennende siegen. Alles, was sich den wahrhaften Gefühlen der Menschen in den Weg stellt, ihrer Liebe, hat das Recht auf Existenz verloren. Daran muss sich alles messen lassen: Sari Gelin!

Cem hatte Wort gehalten. Unter den Haken, mit denen er ein Fahrrad zur Decke hatte schweben lassen, stand eine Liege. Sogar eine frisch bezogene Bettdecke und ein Kopfkissen lagen bereit, als Tim gegen kurz nach Mitternacht die Werkstatt aufschloss. Auf der Werkbank standen zudem ein Teller mit Brot, eine Flasche Mineralwasser und eine gefüllte Obstschüssel. Tim war gerührt, er hatte einen Bärenhunger. Zunächst jedoch musste er sich nach einem geeigneten Versteck für den Koffer umsehen. Probeweise stellte er ihn in die Lücke zwischen einem hohen Schrank und der Wand, dann jedoch entschied er sich dafür, ihn lieber unter ein tiefes Werkzeugregal zu schieben. Perfekt! Der Koffer war von außen nicht mehr zu sehen. Nun erst setzte sich Tim hin und griff sich eine Scheibe Brot.

Cem war schon als Schüler ein fröhlicher Chaot gewesen, fröhliches Chaos herrschte auch in seiner Werkstatt. Wie er sich darin nur zurechtfand! Kraut und Rüben waren nichts dagegen, überall lagen Werkzeug und Ersatzteile herum, dazwischen aufgerissene Kartons und verschmierte Lappen. Im hinteren Teil des Raumes lehnten an die zwanzig Räder dicht an dicht. Es roch nach Gummi und nach Öl. An einer Pinnwand hingen kreuz und quer, teilweise sogar übereinander, zerknitterte gelbe Auftragszettel. Tim musste grinsen. Ähnlich chaotisch hatte es in der kleinen Redaktion ihrer Schülerzeitung ausgesehen. Menschen änderten sich nicht so leicht. Die provisorische Theke war mit einer Gangschaltung verziert, die jemand auf eine Metallplatte geschweißt hatte. In der Gangschaltung klemmte ein Foto, es zeigte eine junge Frau, die ein kleines Mädchen im Arm hielt. Die Frau lächelte in die Kamera, während die Kleine zu schlafen schien.

Einen kurzen Moment überlegte Tim, ob er den Koffer nicht auch aufkriegen konnte, ohne das Schloss zu öffnen. Genügend Werkzeug war ja vorhanden, inklusive einer Flex, mit der man die Scharniere ruckzuck durchtrennen könnte. Schnell jedoch verwarf er den Gedanken wieder. Es war zu riskant. Der Koffer war so präpariert, dass er implodierte und in Flammen aufging, wenn sich ein Unbefugter daran zu schaffen machte. Kronos hatte an alles gedacht. Der Selbstzerstörungsmechanismus war eine letzte verzweifelte Sicherheitsmaßnahme. Sollte der Koffer dem Geheimdienst in die Hände fallen, war im Grunde alles verloren. Dann ging es nur noch darum, die Quellen zu schützen, die wenigen Freunde, die sich durch welche Zufälle auch immer in wichtigen Positionen des türkischen Staats hatten halten können. Wie lange noch, war lediglich eine Frage der Zeit. Viele hatten sich mit ihren Familien abgesetzt, über tausend hatten allein in Deutschland Asyl beantragt. Dieses Faktum wurde von den zuständigen bundesdeutschen Behörden mit peinlicher Diskretion behandelt, niemand sollte etwas mitbekommen. Türken, die in Deutschland politisches Asyl erhielten? Bloß den Sultan nicht provozieren! Tim lachte auf. Darauf kam es der deutschen Politik an. Statt den Stier bei den Hörnern zu packen, fütterte man ihn mit Zuckerrüben, damit er doch bitte, bitte hübsch zahm bliebe.

Tim griff zum Mineralwasser. Es war verrückt. Der Einzige, der den Despoten aus Ankara noch zu Fall bringen konnte, war er, ein kleiner, unbedeutender Journalist, der sich als Texter für Turnschuhe durchschlug. Und nun hatte er zwar den Koffer, konnte ihn ohne den Code aber nicht öffnen. Hoffentlich kam die Postkarte bald! Sicherheit hatte ihren Preis. Der Postweg hatte sich in den letzten Jahrzehnten zwar deutlich beschleunigt, meist ging es nun zügig, speziell von Istanbul aus. Doch immer noch kam es vor, dass ein Brief einige Tage, selten sogar eine Woche brauchte, selbst eine simple Karte. Eine Woche hin, eine Woche zurück, das waren vierzehn Tage, wenn man Pech hatte. Doch er wollte den Teufel nicht an die Wand malen. Sobald er die Geheimzahl hätte, würde er daran gehen, den Inhalt des Koffers grob zu sichten. Dann trat der zweite Teil des Plans in Kraft, der alles entscheidende. Gut, dass es zumindest unter den Journalisten mutige Deutsche gab, wenn die Politik schon kniff.

Tim trank aus. Doch obwohl es bereits auf eins zuging, war er noch nicht müde.

Was Helin wohl gerade machte? Neun Monate war es nun her, dass er sie auf dem Seminar der Adenauer-Stiftung kennengelernt hatte. Dass ihn ausgerechnet die Adenauer-Stiftung als Referenten eingeladen hatte, hatte ihn gewundert. Seine politische Einstellung war doch eigentlich bekannt, er sympathisierte ganz klar mit den sozialdemokratischen Ideen. Aber das Honorar hatte gestimmt, und er hatte sich zu nichts verpflichten müssen, außer über seine Arbeit zu berichten und die Stipendiaten ein paar journalistische Fingerübungen machen zu lassen. Das Seminarhaus befand sich am Rande des Berliner Tiergartens. Es war ein verregneter Herbsttag, an dem sich knapp zwanzig Studenten um die u-förmig aufgestellten Tische versammelt hatten, lauter wissbegierige Studenten, die aus ganz Deutschland angereist waren. Zunächst hatte er ein längeres Referat halten wollen, eine Beamer-Präsentation, auf die er sich sorgfältig vorbereitet hatte. Doch dann hatte er sein Konzeptpapier schnell aus der Hand gelegt, und sie waren in lebhafte Diskussionen eingestiegen. Besonders hervorgetan hatte sich eine junge Studentin mit kastanienbraunem Haar. Immer wieder hatte sie nachgebohrt, nicht unangenehm, aber hart-näckig, sehr hartnäckig. Wie er die Veränderungen der Arbeitsbedingungen für Journalisten in der Türkei beurteile? Wie viele seiner Kollegen im Gefängnis säßen? Wie es um deren Rechte bestellt sei? »Helin« hatte auf ihrem handgeschriebenen Namenszettel gestanden, der einzige türkische Name in der Runde. Ob er selbst manchmal Angst habe? Ja, auch das fragte sie ihn, am Tag ihrer ersten Begegnung. Die schwierigste aller Fragen. Er hätte nicht so rasch darauf antworten sollen. Das war nicht ehrlich gewesen. Aber er hatte plötzlich das Gefühl gehabt, er dürfe keine Angst zeigen. Nicht vor diesen jungen Leuten, die so engagiert für das Gute kämpfen wollten, für die Wahrheit, die Freiheit der Medien, vor idealistischen Studentinnen und Studenten, die den Journalisten noch als Helden sahen, als unerschrockenen Fighter gegen Fake News, Manipulation und Bestechlichkeit. Da durfte man doch keine Angst zeigen, durfte den Studenten die Illusion nicht rauben, dass man als Journalist niemals kneifen würde. Und doch kannte er die Angst, oh ja, sehr gut sogar. Er war alles andere als ein Held. In gewissem Sinne war er sogar ein Feigling. Wäre er ein echter Held, wäre er nicht nach Deutschland zurückgekehrt, sondern würde nun in Istanbul sitzen, im Stadtteil Silivri, im größten Gefängnis Europas. Dort saß man, wenn man die Angst nicht kannte. Oder bereit war, sie in Kauf zu nehmen.

Nach dem Diskurs mit den Teilnehmerinnen und Teilnehmern hatte er ihnen die Aufgabe gegeben, über eine Beerdigung zu schreiben. Helins Text über die Feier zur Beisetzung des ermordeten Hrant Dink hatte ihn bewegt, dennoch hatte er ihren Bericht kritisiert. Emotionen seien erlaubt, wichtiger aber seien Informationen. Helin hatte genickt und ihm im selben Atemzug widersprochen. Manchmal sei ein Punkt erreicht, an dem Informationen keinen mehr interessierten, wenn man nicht zugleich die Faust ballen oder weinen müsse. Die anderen hatten das Seminarhaus bereits verlassen, als sie immer noch mit ihm diskutierte. Als sie sich schließlich verabschiedeten, hatte sie ihn nach der Möglichkeit eines Praktikums gefragt – nein, nicht bei Adidas, bei einer der wenigen unabhängigen Online-Zeitungen, die es in der Türkei noch gab – und er hatte sich ihre Handynummer notiert. Am nächsten Abend schon hatten sie sich deshalb getroffen, in einem kleinen Café in Charlottenburg. Und waren am Morgen darauf in seinem Hotelzimmer in Kreuzberg wieder aufgewacht.

Tim streckte sich auf der Liege aus. Es roch nach Öl und Gummi, nicht unangenehm, nur ungewohnt. Selbst Cem, dessen Eltern doch Türken waren, hatte damals darüber den Kopf geschüttelt, als er als Schüler zu einem Aufenthalt in die Türkei gegangen war. Die anderen waren nach England oder in die USA, auch nach Australien und Neuseeland. Die Zeit in Istanbul jedoch war die bis dahin schönste seines Lebens gewesen. Mit welcher Offenheit man ihm dort begegnete! Und er war beinahe geblendet von der Lebendigkeit und Schönheit der Stadt am Bosporus. Natürlich hatte er Riesenglück mit seiner Gastfamilie gehabt. Der Vater führte als Verleger ein weltoffenes Haus, sprach fließend Englisch mit ihm, bis er nach wenigen Wochen schon auf Türkisch antwortete. Ohne sich dessen bewusst zu sein, hatte er die gewaltige Energie gespürt, die an diesem Punkt der Welt gebündelt wurde, das Zusammentreffen der unterschiedlichsten Kulturen, die Verknüpfung von West und Ost, von Europa und Asien. Daraus speiste sich die Magie des Ortes – und auch aus dem Kontrast von orientalischen Traditionen wie dem großen Gewürz-basar mit den teetrinkenden Verkäufern und modernsten Architektur-Highlights oder schicken Einkaufsstraßen. Dazu das lebendige Treiben auf dem Wasser, die vorgelagerten Inseln, die ausgelassenen Partys der Jugend in den Uferrestaurants und die Hamams, die Türkischen Bäder, die versteckten Moscheen überall, alles nur wenige Gassen voneinander entfernt. Selbst der chaotische Verkehr und der Lärm hatten ihn nicht abgeschreckt, der Trubel gehörte einfach mit dazu, war nur Ausdruck der ungeheuren Vitalität der Millionenmetropole. Als Deutscher hatte man ihn überall freundlich empfangen, kaum einer, der nicht schon in *Almanya* gewesen war oder jemanden kannte, der dort lebte. So ergaben sich zahlreiche Anknüpfungspunkte, man sprach oft mit Hochachtung von den Leistungen der Deutschen, nur manchmal und sehr leise klang mit, dass man sie manchmal für etwas kalt und arrogant hielt. Als er nach einem halben Jahr Abschied genommen hatte, war es ihm vorgekommen, als würde er ein Stück Heimat zurücklassen, so waren ihm seine neuen Freunde ans Herz gewachsen. Mit großer Freude war er dann später für einen mehrjährigen Aufenthalt nach Istanbul zurückgekehrt.

Er drehte sich auf seiner Liege zur Seite, wechselte jedoch schnell wieder auf den Rücken, wo es weniger drückte. Die nächsten zwei Wochen musste er irgendwie überstehen, wenn er Glück hatte, waren es auch nur ein paar Tage. Dann würden sie Agni rächen und all die anderen, die der Sultan auf dem Gewissen hatte. Dann würde die Welt die Wahrheit erfahren, und wenn alles gut ging, würde sich die Türkei erheben aus dem tiefen Sumpf des Despotismus und in eine neue, freundlichere Zukunft schreiten.

Einzelhaft. Im berüchtigten Gefängnis Silivri, dem größten Knast der Türkei am Stadtrand von Istanbul. Zahlreiche politische Gefangene sitzen hier ein, deren einzige Schuld darin besteht, dass sie den Mund aufgemacht haben. Für die Freiheit, die Wahrheit, die Gerechtigkeit. Deniz Yücel ist Journalist. Sein Fehler war, einen PKK-Mann zu interviewen. Terrorpropaganda war das für den türkischen Präsidenten. Deswegen ist er angeklagt. Man hat ihn festgenommen, obwohl er Deutscher ist, für deutsche Zeitungen schreibt, für die TAZ, für die Welt. Der wahre Grund dafür, dass er eingesperrt wurde, ist aber ein anderer. Deniz Yücel hat sorgfältig recherchiert, zu den Hintergründen des Putschversuchs 2016. Und er kam zu einem Ergebnis.

DIENSTAG

Was war das? Karl-Dieter schreckte auf und lauschte in die Dunkelheit. Es war ihm, als hätte er einen Schrei gehört, als hätte jemand um Hilfe gerufen. Karl-Dieter hielt den Atem an und horchte in die Nacht hinein.

»Was ist denn, Knuffi?«

»Nichts. Alles gut. Ich hab nur geträumt.«

Es war Helins Stimme gewesen, jetzt war sich Karl-Dieter sicher. Was einem im Schlaf doch alles vorgegaukelt werden konnte! Mit Helin hatte er sich auf Anhieb verstanden, wenngleich ihre Meinungen häufig auseinandergingen. Helin war eine Idealistin, vielleicht, weil sie so jung war. Sie glaubte noch daran, dass man die Welt verbessern und das Theater dabei helfen könne. »Wir brauchen Augenöffner«, hatte sie gesagt. All das Unrecht, das die Welt beherrsche, würden die meisten Menschen doch gar nicht mehr registrieren, und wenn sie es registrierten, würden sie achselzuckend darüber hinweggehen. Sie würden zur Passivität erzogen, zum Zuschauen. Hier müsse das Theater ansetzen. Klar, auch und gerade das Theater lebe vom Zuschauen, dabei dürfe es aber nicht stehen bleiben. Das

Theater dürfe sich nicht in die anderen Medien einreihen und seichte Unterhaltung bieten, es müsse das Publikum wachrütteln. Nach einer Aufführung dürfe man nicht mehr der Mensch sein, der man vorher war, dann – und nur dann – habe das Theater seine Aufgabe erfüllt.

Karl-Dieter hatte sich gezwungen, nicht zu lächeln. Nur weil er selbst den Glauben verloren und sein Menschenbild im Laufe der Jahre eine Ernüchterung erfahren hatte, durfte man dieser jungen Frau doch ihre Ideale nicht rauben. Wer sollte denn noch an die Veredlung des Menschengeschlechtes glauben, wenn nicht die Jugend? Allein der Glanz, der in Helins dunkle Augen trat, wenn sie ihm ihre Visionen verriet ... War dieses Leuchten nicht schon eine Veränderung der Welt zum Besseren? Und auch der blitzende Zorn, wenn sie über die Heimat ihrer Vorfahren sprach, das Volk der Kurden, dessen Leid die Welt vergessen hätte, auch dieser Zorn rüttelte an dem verkrusteten Panzer der Gewohnheit, der die Seelen so vieler gefangen hielt. Nein, jede Zeit brauchte Menschen wie Helin, junge, lebendige Kämpfer gegen das Unrecht und die Gleichgültigkeit. Auch, wenn sie nichts oder doch nur enttäuschend wenig erreichen würden.

16

Wie spät es wohl ist? Helin weiß es nicht. Sie hat aufgegeben, sich danach zu fragen. Der Lichtschimmer, der aus dem hohen Gewölbe dringt, ist längst erloschen. Es ist Nacht, so viel steht fest. Zwar kann sie schon keine Kekse mehr sehen, dennoch fingert sie nach der nächsten Packung und bricht sie auf. Von irgendetwas muss sie ja leben. Warum, zum Teufel, kommen ihre Entführer nicht vorbei? Das Warten macht sie noch wahnsinnig. Weshalb hält man sie hier fest? Sie ist nur ein Rädchen im Getriebe, die paar Treffen in der Wohnung von *R*, was war das schon? Bis auf die ein oder andere Demo, das Schwenken der kurdischen Fahne, die Proteste gegen den Einmarsch der türkischen Armee im kurdischen Teil Syriens, was hat sie sonst schon gemacht? Reicht das bereits aus, um jemanden zu entführen und in ein Loch zu sperren? Oder hat sie etwas übersehen? Sind *R* und seine Freunde stärker in die Bewegung involviert, als sie ahnt? Hat man sie bewusst nur in harmlose Dinge eingeweiht, verfolgt *R* noch ganz andere Pläne? Haben sie womöglich Kontakte zur PKK? In ganz Deutschland hat es Anschläge auf türkische Moscheen gegeben. Was weiß *R* davon? Hat man sie nicht eingeweiht, weil sie so jung ist, eine Frau noch dazu, der man nichts zutraut? Oder weil sie sich als radikal pazifistisch geoutet hat? Sie glaubt tatsächlich nicht daran, dass gewaltsamer Widerstand etwas bringt. »Man kann mit Gewalt vielleicht was erreichen«, hat sie zu *R* und den anderen gesagt, »aber das Erreichte wird keine Dauer und keinen Wert haben.« Und daran glaubt sie weiter. Hat man sie entführt, um an *R* und die anderen ranzukommen? Um die Freunde zu erpressen? Oder sie von weiteren Aktionen abzuhalten? Aber sie ist doch deutsche Staatsbürgerin, besitzt den deutschen Pass, lebt in einem Rechtsstaat.

Wütend beißt sie in ihren Keks. Wer wird sich draußen Sorgen machen, wer wird nach ihr suchen? Tim natürlich, aber Tim hat sich ja dummerweise für eine Woche verabschieden müssen. Freya Wälsungen? Die Regisseurin wird sauer sein, ziemlich sogar, aber keinen ihrer klunkerbesetzten Finger krumm machen, um nach ihr zu suchen.

Am ehesten wird Karl-Dieter aktiv werden, so seltsam das klingt, denn sie kennen sich ja erst seit kurzer Zeit. Dennoch fühlt sie sich ihm sehr verbunden. Was macht eine Freundschaft aus, wen kann man seinen Freund nennen? Ein einziges Kriterium, so scheint es ihr, entscheidet darüber. Ein Freund ist jemand, auf den man sich verlassen kann, wenn man in Not ist. Helin spürt, auf Karl-Dieter kann sie sich verlassen. Bestimmt wird er darauf drängen, die Polizei zu informieren. Nur hilft das alles nichts. Wer soll sie an diesem Ort denn finden?

Sie legt sich auf die Seite und zieht die Beine an wie ein kleines Mädchen. Sie spürt, wie sehr sie Tim vermisst. Seine letzte Nachricht hat so seltsam geklungen. »Wichtige Recherche.« Was für eine Recherche? Warum kann er ihr nichts dazu sagen? Hat er kein Vertrauen zu ihr? Überhaupt hat er sich in letzter Zeit oft ausweichend und unklar ausgedrückt. Ob er eine andere hat? Ob er sie nicht mehr liebt und es sich nicht zu sagen traut? Im selben Augenblick noch schimpft sie sich eine dumme Kuh. Nein, das kann nicht sein. Es ist eine schwierige Zeit, speziell für die Journalisten, die für freie türkische Medien arbeiten. Was kann man noch offen schreiben? Ist man mutig und klagt den Sultan an, der sein eigenes Land tyrannisiert und aus engagierten Bürgern Staatsfeinde macht, läuft man Gefahr, selbst zum Opfer seines Ego-Wahns zu werden. »Was hilft eine Zeitung, die man zumacht«, hat Tims Istanbuler Ressortleiter offen gesagt, »lasst uns die Sache nicht auf die Spitze treiben. Wenn wir jetzt ein klein bisschen staatstragend sind, überleben wir und können zur rechten Zeit wieder mit vollem Wind segeln. Denkt an das Wort von Bert Brecht: Das Schilfrohr, es biegt sich zwar, aber es bricht nicht.« Nein, Tim liebt sie nach wie vor, wie kann sie daran zweifeln? Er steckt in irgendeiner Sache drin, in die er sie nicht hineinziehen will.

Sie fröstelt. Helin greift nach ihrer Decke und zieht sie sich bis zum Hals, als sie ein Geräusch vernimmt. Schritte! Schritte, die einen Gang entlanghallen, leise erst, dann immer lauter werdend, schließlich rasselt es im Schloss, und die schwere Eisentür geht auf. Helin erschrickt. Lichter von Taschenlampen flammen auf, zwei Männer treten ein. Sie tragen dunkle Augenmasken, die eine ist grau, die andere pechschwarz, sodass man ihre Gesichter nicht erkennen kann. Die schwarze Maske legt ihr stumm einen Zettel auf die Matratze, dazu einen Bleistift. Dann richtet sie den Strahl der Taschenlampe auf den Zettel. Telefonnummern stehen darauf, etwa zehn Stück.

»Schreib die Namen dahinter«, sagt der Mann auf Türkisch, »bis zum Mittag hast du Zeit, dann sind wir zurück.«

Darauf wirft er ihr eine der Taschenlampen auf das Matratzenende und will mit seinem Begleiter wieder verschwinden.

»Halt«, ruft Helin und springt auf, »stopp! Bleibt da! Was wollt ihr von mir, bitte sagt mir, was wollt ihr?«

Doch da ist die Tür bereits zugefallen. Heftig trommelt Helin mit ihren Fäusten dagegen und schreit, mächtig tönt das Echo. Die Männer aber kommen nicht mehr zurück.

17

Blinzelnd durchbrach die Sonne den geschuppten Morgenhimmel, als Karl-Dieter beschloss, aufzustehen und das Frühstück zu machen. Mütze hatte es verdient, dass man ihn ein wenig verwöhnte. Und außerdem, wenn erst eine Wiege neben ihrem Bett stand, war an geregelten Schlaf ohnehin nicht mehr zu denken, da schadete es nicht, sich ein wenig vorzubereiten. Leise schlüpfte er aus dem Bett und in seine Birkenstocklatschen. Karl-Dieter war sich völlig darüber im Klaren, dass ein Kind all ihre Gewohnheiten und vertrauten Abläufe durcheinanderwirbeln würde. Aber was schadete das? Sollte ihr Kleines seinen Nachtschlaf nur stören, so oft es wollte! Lärm war nicht gleich Lärm. Es machte einen himmelweiten Unterschied, ob die Nachbarn herumgrölten oder ob ein zartes Stimmchen nach ihm rief. Vorsichtig würde er ihren Engel dann aus der Wiege nehmen und im Zimmer auf und ab tragen, würde ihm beruhigend ein Liedchen ins Ohr summen und ihn mit Küssen bedecken. Schlafen konnte man schließlich noch, wenn man einst in der Grube lag. Es gab ein Leben vor dem Tod, und darauf kam es an.

Nachdem er den Speck knusprig angebraten und einen Topf Rührei gezaubert hatte (mit einem Schuss Milch, damit es schön cremig blieb), legte er eine Gurkenscheibe auf ein Knäckebrot und biss hinein. Hartes Brot gab ihm das Gefühl, schneller satt zu werden. Vom Duft des gebratenen Specks geweckt stand bald auch Mütze auf. Gerührt betrachtete er den Frühstückstisch. Was hatte Karl-Dieter alles aufgefahren! Köstliches Brot aus dem Dorfbackofen von Kosbach, Eier und Speck, Honig vom Imker am Walberla, selbstgemachtes Kirschmarmeladenduett und hauchzarter, knuspriger Apfelstrudel von der Bäckerei Frank, Frischkäse mit Schnittlauch von Waltmann, Erlangens Maitre d'Affineur, Karpfenpastete vom Oberle, Quittensaft aus Astheim, Strauchtomaten vom Alterlanger Hofladen, Kirschen aus Kalchreuth und dünn gehobelte Gurken aus dem Knoblauchsland. Und daneben lag griffbereit die Tageszeitung.

Mütze rieb sich hungrig die Hände.

»Alles aus der Region«, sagte Karl-Dieter, »da weiß man, was man hat, und außerdem ist regional viel ökologischer.«

»Klar, leuchtet ein. Ist viel ökologischer, die Gurkenernter aus Südeuropa zu importieren als die Gurken«, lachte Mütze.

Karl-Dieter verzog das Gesicht und band sich die Schürze ab. »Ist es okay, dass du alleine frühstückst? Meine Assistentin ist verschwunden, ich muss heute früher los, weißt schon, der *Parsifal* wartet.«

Der *Parsifal*! Als die Nachricht eintraf, dass man Karl-Dieter für die Wagner-Festspiele engagieren wollte, hatte Mütze die Stirn gerunzelt: »Wagner? Ist das nicht der Kerl, den sich Hitler ständig zum Kaffeekränzchen eingeladen hat?«

»Mensch, Mütze. Als Hitler geboren wurde, lag Wagner schon etliche Jahre unter der Erde.«

»Aber ein Antisemit war Wagner trotzdem.«

»Das stimmt und stimmt nicht. Bei der Uraufführung des *Parsifal* hat sich Wagner ausdrücklich für einen jüdischen Dirigenten entschieden. Außerdem geht es mir nicht um Wagner, sondern um sein Werk, und das ist einfach grandios.«

»Aye, aye, Herr Szenograf!«

Mütze hob die Hand zum Abschiedsgruß, dann machte er es sich am Tisch bequem. Während er Rührei und Speck in sich hineinlöffelte, blätterte er die Zeitung durch. In der Nacht von Samstag auf Sonntag war es zu einer Messerattacke am Nürnberger Flughafen gekommen, Mütze wusste natürlich schon davon, kaum ein anderes Thema hatte es gestern im »Kasten« gegeben, wie sie ihre Erlanger Polizeiinspektion nannten. An einem Bahnsteig der U-Bahn-

Station war ein Mann niedergestochen worden und trotz des schnellen Notarzteinsatzes verblutet. Videokameras hatten Bilder von drei Männern aufgezeichnet, die kurz nach dem Angriff die Rolltreppe hinaufgestürmt waren, aller Wahrscheinlichkeit nach die Täter. Einer der Männer hatte einen Aktenkoffer aus Metall in der Hand, bei dem es sich möglicherweise um die Beute handelte. Die Presse spekulierte über ein Verbrechen im Bereich der organisierten Kriminalität, ein Krieg unter Drogenhändlern vielleicht. Von dem Mann mit dem Koffer hatten sie ein Videofoto veröffentlicht, allerdings in lausig schlechter Qualität, ein junger Mann, blonde Haare, Ende zwanzig vermutlich. Die Nürnberger Kollegen waren bereits am gestrigen Montag, dem ersten Werktag nach der Tat, an die Medien herangetreten. Auch ein Bild des Opfers hatte man gebracht und die Bevölkerung um Mithilfe gebeten. Der bulgarische Pass, den der Erstochene bei sich trug, hatte sich als Fälschung erwiesen, seine Identität blieb ungeklärt.

Auf Mützes Gesicht legte sich ein betrübter Schatten. Warum konnte er nicht in Nürnberg seinen Dienst verrichten? In Erlangen musste man schon froh sein, wenn man einem betrügerischen Karpfenhändler das Handwerk legen durfte. Je größer die Stadt, desto lohnender die Klientel. So war das eben. Als er und Karl-Dieter am gestrigen Abend von ihrem bedeutsamen Nachtspaziergang zurückgekehrt waren und noch ein Gläschen getrunken hatten, hatten sie kurz darüber diskutiert, ob sie nicht nach Berlin ziehen sollten. Als schwules Pärchen würde man in der Hauptstadt auf jede Menge Gleichgesinnte stoßen, hatte Mütze als Argument gebracht, tatsächlich aber ging es ihm um etwas anderes. Ihn graute plötzlich bei der Vorstellung, einen Kinderwagen durch Kosbach zu schieben. Vor seinem inneren Auge sah er, wie eine Karpfenwirtin nach der anderen stehen blieb, um sich über den Wagen zu beugen und Dutzi-Dutzi zu machen. Mann, er war doch Kommissar, ein knallharter noch dazu, er hatte einen Ruf zu verlieren. Was würden die Erlanger von ihm denken, wenn sie mitbekamen, wie er einen Schnuller aufhob, um ihn vom Dreck zu befreien? Und erst die ganzen Zwergganoven hier! Die würden einen Lachanfall kriegen und ihn nicht mehr ernst nehmen. Deshalb die Idee mit Berlin. In Berlin fiel man als Regenbogenfamilie nicht weiter auf. Karl-Dieter aber hatte abgewunken. Er fühlte sich in Franken pudelwohl, er brauchte keine Szene. Er genoss das bürgerliche Leben in Erlangen, die Kochkurse beim Hausfrauenbund, das gemeinsame Brotbacken am öffentlichen Ofen in Kosbach, die Ruhe der Karpfenweiher, die Arbeit im wunderschönen Markgrafentheater.

»Und außerdem, ein Kind wächst doch lieber im Grünen auf.«

»Im Grünen? Dann pass bloß auf, dass Nico nicht in einen Karpfenweiher fällt.«

»Ach, Mütze…«, hatte Karl-Dieter nur stammeln können. *Nico*! Mütze hatte tatsächlich *Nico* gesagt! Manchmal reicht ein einziges Wort, um einen Menschen glücklich zu machen.

18

Hatte Karl-Dieter gehofft, dass es sich Helin noch einmal anders überlegen würde, so wurde er enttäuscht. Helin tauchte nicht auf, und Freya Wälsungen war ihr Ärger darüber deutlich anzumerken. Ihr ohnehin schon unruhiger

Kehlkopf sauste bedenklich auf und nieder, und die blassblauen Äderchen rund um ihre goldene Halskette schwollen rasant an.

»Ich komm schon allein klar«, versuchte Karl-Dieter sie zu beruhigen.

»Hast du sie erreichen können?«

»Bislang noch nicht.«

»Was macht die Taube?«

»Keine Sorge. Bis zur Probe um fünf ist alles fertig.«

Die Taube! Freya Wälsungen bestand darauf, dass die legendäre Taube in der Schlussszene über Parsifal und dem Gral schweben musste. Der Gral, das war der legendäre Kelch, den Jesus beim letzten Abendmahl mit Wein gefüllt hatte. Als man ihn ans Kreuz genagelt und ihm die Lanze in die Seite gestoßen hatte, wurde das herausfließende Blut mit demselben Kelch aufgefangen, so die Legende. Dadurch besaß der Gral magische Eigenschaften und gab jedem Kraft und Mut, der aus ihm trank. Die Taube war das Symbol des Heiligen Geistes, deshalb hatte Richard Wagner verfügt, sie solle von der Decke über der Erlösergestalt Parsifal hinabschweben. Manch moderner Regisseur hatte sich darüber hinweggesetzt, hatte die Nase gerümpft und heimlich von religiösem Kitsch gesprochen, Freya Wälsungen aber nahm das Erbe ihres entfernten Urahnen ernst, erst recht seine ausdrücklichen Regieanweisungen, und bestand darauf, die Taube wieder herabschweben zu lassen. Karl-Dieter hatte nichts dagegen. Es durfte aber nicht jener in die Jahre gekommene Vogel sein, der noch in der Requisitenkammer vor sich hin staubte. Es brauchte eine moderne Interpretation. Bei einer Pause draußen am Kneippbecken, es war ein erster heißer Tag im Mai gewesen, hatte er mit Helin die Beine ins Wasser baumeln lassen, als in niedriger Höhe ein mächtiger Storch über sie hinweggesegelt war. »Warum nehmen wir keinen Storch?«, hatte Helin gefragt, während sie dem Prachtexemplar hinterhersah. »Ein Storch ist doch ebenfalls ein Vogel von großer symbolischer Kraft. Er bringt die Babys ... Jedenfalls bei unserem Volk in Kurdistan ist diese Vorstellung weit verbreitet. Die Osterferien habe ich früher immer bei meinen Großeltern verbracht. Im Frühling warteten wir Kinder sehnsüchtig auf den ersten Storch, denn wer ihn erblickte, bekam eine Tüte Dattelkekse, und am Abend feierte das ganze Dorf ein Fest. Der Storch als Frühlingsbote und Glücksbringer, als Zeichen der Auferstehung und Erneuerung, der Geburt eines neuen Lebens – kann es ein schöneres Bild für den Erlöser geben?«

Karl-Dieter hatte ihr nachdenklich zugehört und genickt. Das stimmte, das stimmte genau! Wenn die Welt erlöst werden konnte, dann nur durch die Unschuld eines Kindes. War nicht auch Parsifal im Grunde seines Herzens ein Kind geblieben? Wer ihn nicht mochte, der nannte ihn dumm, unwissend und naiv. Genau dadurch aber hatte er sich eine reine Seele bewahrt, und diese Reinheit hatte ihn wie ein Schild geschützt vor allen Anfechtungen und Versuchungen, vor den erotischen Künsten von Kundry, der zerrissenen Satansbraut. Der Storch als himmlischer Geburtshelfer, stand er nicht mehr noch als die Taube für die ersehnte Erlösung, das zentrale Motiv in Richard Wagners *Parsifal*?

So hatte er Helin die Aufgabe übertragen, einen Storch zu bauen und ihn wirkungsvoll von der Decke des Bühnenhauses herabschweben zu lassen. Die Kunst dabei war, dem Vogel eine beeindruckende Würde zu geben, es gab nichts Schlimmeres, als wenn das Premierenpublikum im erhabenen Moment der Schlussszene, in Erwartung der Taube, beim überraschenden Anblick des Storches schallend zu lachen begann. Denn das war das Tückische an der Idee: die Menschen und ihre Erwartungen. Niemand, der nach Bayreuth pilgerte, kam ohne Erwartungen. Die Bilder der traditionellen Inszenierung hatten sich dermaßen in die Hirne gebrannt, dass jede Abweichung Argwohn oder Spott hervorrief. Deshalb hatten sich Helin und Karl-Dieter noch nicht getraut, den Storch mit Freya Wälsungen zu besprechen. Es war wohl besser, nicht vorab mit der Idee zu kommen, sondern gleich mit dem fertigen Storch, mit einem überzeugenden Beweis, dass er ein ebenbürtiger oder sogar besserer Taubenersatz war. Und heute war es so weit, heute sollte die Schlussszene geprobt werden, und zwar als Auftakt der Proben überhaupt. Jeder Regisseur hatte seinen Tick, und der Tick von Freya Wälsungen war es, stets als Erstes mit der Schlussszene zu beginnen.

»Man muss ein Stück immer vom Ende her denken«, war ihr Lieblingsspruch. »Wenn man weiß, wie ein Stück endet, ergibt sich alles andere wie von selbst.«

Das Problem für Karl-Dieter war: Der Storch war zwar schon perfekt. Karl-Dieter kannte sein Flugschema jedoch noch nicht, das Zusammenwirken der Fäden, das alles hatte Helin ganz allein konstruiert und programmiert. Deshalb war er auch in aller Früh aufgebrochen, um sich mit dem Storch vertraut zu machen. Nun stand er allein im dunklen Bühnenhaus. Der Vogel sah vollkommen natürlich aus, das schwarz-weiße Gefieder, der Schnabel, die roten Beine, alles hatte Helin mit Akribie imitiert. Was noch fehlte, war die Bewegung, der Vorgang des Schwebens. Bei der Taube war das simpel, eine Taube konnte man senkrecht herablassen, obwohl das nicht der Natur entsprach. Bei einem Storch aber ging das nicht. Er musste mit gespreiztem Gefieder zur Landung ansetzen, alles andere sah einfach lächerlich aus. Lange hatte Helin an der Mechanik getüftelt und auch eine Lösung gefunden. Nur hatte sie keine Aufzeichnungen über die Bewegungsabläufe hinterlassen, mit denen sie den zentralen Bühnencomputer gefüttert hatte, jedenfalls fand Karl-Dieter keine, sodass er selbst ranmusste.

Kein Mensch war zugegen, für den Nachmittag war eine reine Stellprobe angesetzt, die Musik kam vom Band, die Sänger würden von Statisten gemimt. Es waren ja noch einige Wochen bis zum Beginn der Festspiele. Noch waren Musiker und Sänger an anderen Häusern engagiert, bevor sie in gut vierzehn Tagen nach Bayreuth reisten. Das Festspielhaus hatte Richard Wagner eigens für seine Opern bauen lassen, privat finanziert, letztlich aber nur durch hunderttausend Taler aus der Tasche Ludwigs II. zustandegekommen, des bayerischen Märchenkönigs. Der Kini und Wagner, das war eine ganz eigene Liebesgeschichte gewesen, mit allen Ingredienzien, die es für ein echtes Liebesdrama brauchte. Leidenschaft und Hingabe auf der Seite des Königs, raffiniertes Machtkalkül, Schmeichelei und Berechnung auf der Seite Wagners. Um seine chronische Geldnot, die auch seinem üppigen Lebensstil geschuldet war, zu lindern, brauchte er die Schatulle des Königs. Dessen Minister kochten vor Wut über die Verschwendungssucht des Monarchen und dachten sich für eine weitere, größere Zuwendung einen üblen Trick aus: Sie ließen säckeweise Silbermünzen in offenen Kutschen von der Münchner Residenz zu Wagners Villa am Brienner Platz schaffen, wodurch die Münchner alles live miterleben konnten. Der Plan ging auf. Das Volk schäumte, und Wagner blies fortan ein solch kräftiger Wind entgegen, dass er abreisen musste. Sein Bayreuther Festspielhaus aber, das eigentlich für München geplant war, für das Hochufer an der Isar, wo jetzt der Gasteig der Stadt sein Hinterteil präsentiert, bekam Wagner dennoch einen völlig neu konzipierten Musiktempel mit unsichtbar im Graben versenktem Orchester, damit die Illusion auf der Bühne ins Fantastische gesteigert würde. Obwohl streng vom Denkmalschutz beäugt, hatte man die Bühnentechnik doch auf den neuesten Stand bringen dürfen, trotzdem atmete alles noch die Zeit der Entstehung. Karl-Dieter, Nostalgiker, der er war, hatte eine Schwäche dafür. Nun aber kämpfte er in seiner kleinen Kabine mit der Technik, um den Storch mittels Computersteuerung zum Fliegen zu bringen. Wo hatte Helin nur die Datei abgelegt? Der Storch hing flugbereit über dem linken Bühnenrand, rührte sich aber nicht von der Stelle. Karl-Dieter scrollte zunehmend ratloser durch das Menü. Warum zum Teufel hatte Helin keine Gebrauchsanweisung hinterlassen? Unter welchem Namen hatte sie das Programm gespeichert? Sie war doch so stolz auf ihren Storch, nun hing er nutzlos im Schnürboden herum. Karl-Dieter fummelte sein Handy hervor und wählte zum x-ten Mal Helins Nummer. Nichts. Immer wieder das Gleiche, keiner ging ran. Über Karl-Dieters Nasenwurzel quoll eine Sorgenfalte. Da stimmte doch was nicht! Selbst bei einer dringenden Familienangelegenheit konnte man doch mal an sein Handy gehen oder zumindest eine kurze Nachricht senden. Was war mit Helin los? Konnte man sich so in einem Menschen täuschen? Schnaufend steckte Karl-Dieter sein Handy wieder ein. Noch blieben ihm ein paar Stunden. Dann musste er das Flugprogramm eben selbst schreiben.

19

Nichts war schlimmer, als nichts tun zu können. Abwarten und Däumchen drehen, wie schwer fiel ihm das, jetzt, wo sie alles hatten, um dem Spuk in der Türkei endlich ein Ende zu setzen. Um den Sultan aus dem Amt zu jagen, um alle seine verbrecherischen Taten aufzudecken. Als Cem die Werkstatt aufschloss, hatte sich Tim verabschiedet. Er wollte nicht mit dem Freund gesehen werden, es reichte vollkommen, wenn er gejagt wurde. So war er hinaufgestiegen auf den Burgberg, saß auf einer Bank im Schatten einer überlebensgroßen Bronzefigur, die in einer Art länglichem Kahn stand, den Oberkörper nach vorne abgewinkelt, die Arme weit ausgestreckt. Um diese Uhrzeit war in dem versteckt gelegenen Skulpturenpark noch niemand unterwegs, schwer beschäftigt hingegen war man am westlichen Ausläufer des Hügelzugs, auf dem die Bergkirchweih stattfinden würde. Tim streckte die Füße aus. Bei Adidas brauchte er sich nicht zu melden, dort würde ihn zum Glück niemand vermissen, dem Homeoffice sei Dank. Erst in zwei Wochen war das Meeting angesetzt, bei dem er seine Vorschläge für die Werbekampagne der nächsten Saison vorstellen sollte. Werbekampagne! So ein Unsinn! Vermutlich würde er bei Adidas kündigen. Was sollte er dort noch? Werbetexten war ohnehin nur eine Notlösung gewesen, seine ganze Energie würde er dafür benötigen, den Inhalt des Koffers zu sichten und darüber zu berichten. Schon vor einer Weile hatte er sich mit seinen türkischen Freunden überlegt, wie man eine Enthüllungsstory am besten anlegt. Zum Glück gab es für solche Fälle ein internationales Journalistennetzwerk, investigative Kollegen, zu denen in Deutschland die *Süddeutsche Zeitung*, der *NDR* und der *WDR* gehörten, außerdem kooperierten noch die *New York Times*, der *Guardian* und *Le Monde* mit ihnen. Damit bekamen die Unterlagen ein besonderes Gewicht. Zuvor mussten sie sorgfältig geprüft werden, damit ihnen niemand Fälschung oder gar Täuschung vorwerfen konnte. Die Veröffentlichung würde dann mit einem großen Knall geschehen, in allen Blättern gleichzeitig, prominent auf den Titelseiten angekündigt und über Wochen präsentiert. Hierdurch würde ein Sog entstehen, ein Strudel, dem sich niemand entziehen konnte. Hatten das nicht die Panama-Papers bewiesen, die Dokumente zum korrupten Finanzsystem der Steueroase, in das die halbe Welt involviert war? Was die Politiker nicht hinbekamen, schaffte die geballte Macht der freien Zeitungswelt. Sternstunden des Journalismus waren das, die Reporter traten aus ihrer Rolle als Beschreiber und Kommentatoren heraus und wurden zu Speerspitzen der Freiheit, zu Aufklärern, die Lügen und Verrat benannten und sie dadurch aus der Welt fegten. Lohnte es sich dafür nicht, ein paar Tage, vielleicht auch zwei Wochen unterzutauchen, zur Passivität verdammt zu sein, Helin nicht zu sehen? – Helin, ja, sie fehlte ihm am meisten. Ihr Lachen, das Grübchen an ihrem Kinn, die Vehemenz, mit der sie ihm widersprechen konnte. Sie war so herrlich spontan, so begeisterungsfähig. Wie sehr man einen Menschen liebte, merkte man erst, wenn man ihn vermisste. Ob sie sein Abtauchen verstand? Oder ob sie ihm böse war? Sie kannten sich, und sie kannten sich nicht. Erst wenige Monate waren sie zusammen, waren in verrückter Weise verliebt ineinander, vertrauten sich die persönlichsten Dinge an, dennoch, über die Aktion mit den geheimen Papieren hatte er ihr nichts erzählen dürfen, das hatte er Kronos hoch und heilig versprechen müssen. Es war die wichtigste aller Regeln. Nur wenige, sehr wenige waren eingeweiht, jeder weitere Mitwisser bedeutete ein zusätzliches Risiko. Und auch wenn Helin nichts gefährdet hätte, wenn er für sie die Hand ins Feuer legte, er hätte ihr trotzdem nichts erzählt, aus einem einfachen Grund: Niemals durfte er sie in Gefahr bringen. Sie war der wichtigste Mensch in seinem Leben, diesen Weg aber musste er alleine gehen. Und tat er es nicht auch für sie? Wie sehr verwünschte sie den Sultan, wie litt ihr Volk unter seiner Peitsche. Zwar war sie in München geboren, dennoch fühlte sie sich eng mit ihrer kurdischen Familie verbunden. Nie konnte sie von ihrem Großvater erzählen, ohne dass ihr die Tränen kamen.

Immer wieder ging ihm der Gedanke durch den Kopf, ob er sie nicht vielleicht doch anrufen sollte. Von einer Telefonzelle aus eventuell? Und gewiss wäre es auch möglich, ihr eine Botschaft von Cems Handy zu schicken. Was aber sollte er ihr sagen? Die Wahrheit? Das ging nicht. Sie anlügen, ihr etwas vormachen? Das ging noch weniger. Er musste sie raushalten, bis er sein Ding durchgezogen hatte. Wenn nur nicht die Sehnsucht so groß gewesen wäre … und die Einsamkeit.

Was, wenn er sich entschloss, nach Bayreuth zu fahren? Wenn es dunkel wurde? Einfach nur, um vor dem Haus unter ihrem Fenster zu stehen? Um zu sehen, wie ihre Lichterkette leuchtete, die mit den gelben Sternchen, ohne die sie nicht einschlafen konnte? Nur, um in ihrer Nähe zu sein, für ein paar sehnsüchtige Augenblicke? Um dann mit dem letzten Zug wieder nach Erlangen zu fahren, immer noch einsam zwar, ja, vielleicht noch etwas einsamer, zugleich aber auf schmerzliche Weise getröstet. Ob er das Risiko eingehen konnte?

20

Die Technik, die verfluchte Technik. Karl-Dieter verzog schmerzhaft das Gesicht, als der Storch am Bühnenhimmel auftauchte, um mit schwachem Flügelschlag und gespreiztem Gefieder hinabzugleiten und auf dem Gewölbesims zu landen, der sich über dem Kopf des Parsifal-Komparsen befand. Bei Helin hätte alles viel natürlicher gewirkt, nicht so abgehackt, so unharmonisch. Karl-Dieter wagte nicht, zur Regisseurin zu blicken, und als er es endlich tat, sah er sie regungslos zur Bühne starren. Atemlose Stille im Festspielhaus. Um Freya Wälsungen war der engste Stab ihrer Mitarbeiter versammelt. Warum sagte denn keiner was? Endlich erhob sich die Regisseurin und klatschte in die Hände, erst dann fielen die anderen mit ein, und das Echo machte den Beifall zu einem richtigen Applaus. Karl-Dieter konnte es nicht glauben. Hieß das, der Regisseurin gefiel ihr Einfall? »Nicht übel«, rief sie, »eine durchaus gelungene Variante. Ein Storch, warum nicht mal ein Storch? Nur an dem Flug muss noch etwas gefeilt werden, er sollte etwas ... wie soll ich sagen? ... Er sollte etwas eleganter wirken.«

»Aber natürlich«, sagte Karl-Dieter eilfertig, »eleganter, selbstverständlich. Wir sind schon dran.«

Als Karl-Dieter am Ende eines langen Tages im Auto saß, um nach Hause zu fahren, bog er nicht wie üblich von der Nibelungenstraße in die Meistersingerstraße ab, die zur Bamberger Autobahn führte, sondern fuhr geradeaus Richtung

Zentrum. Dort kurvte er etwas herum und kam dabei auch an Wagners imposantem Wohnhaus vorbei. »Dort wo mein Wähnen Frieden fand, Wahnfried sei dies Haus genannt«, hatte Wagner getextet. Am ersten Tag der Vorbereitungsphase hatte Freya Wälsungen alle bereits angereisten Mitarbeiter zu einem Abend in die Villa eingeladen. Man müsse den Geist Wagners tief inhalieren, hatte sie gemeint, nur dann könne das Bühnenweihespiel gelingen. In der großen Empfangshalle hatte ihnen ein gebrechlicher Musikprofessor zu erläutern versucht, welche Bedeutung der *Parsifal* für Wagner gehabt habe. Nur in Bayreuth dürfe dieses Werk aufgeführt werden, so hatte es Wagner verfügt, und daran habe man sich auch gehalten, bis freche Amerikaner *Parsifal* nach New York entführten. Cosima, die Witwe, habe getobt. Neben Karl-Dieter hatte der Leiter des Chors gestanden und ihm zugeflüstert, ihr Tobsuchtsanfall sei vor allem dadurch hervorgerufen worden, dass der Dirigent ein Jude gewesen sei. Schlimmer noch als Richard Wagner sei nämlich Cosima gewesen, wenn es um die jüdische Frage ging. Rigoros habe sie dafür gesorgt, alle jüdischen Künstler aus Bayreuth zu entfernen, darunter wunderbare Musiker. Karl-Dieter hatte darüber nur den Kopf geschüttelt. War Parsifal nicht als Erlöser gedacht? Cosima Wagner hatte ihn zum Wegbereiter Hitlers gemacht. Karl-Dieter seufzte. Auch die Kunst war nicht davor gefeit, missbraucht zu werden.

Hinter der Villa Wahnfried bog Karl-Dieter in eine stille Sackgasse am Hofgarten ab. Die Parkstraße wurde von Gründerzeithäusern gesäumt, von deren Rückseite aus man einen schönen Blick in die Grünanlagen des Neuen Schlosses hatte. Vor der Hausnummer 8 hielt Karl-Dieter und stellte seinen Corsa unter einer Linde ab. Zur Haustür ging es eine herrschaftliche Treppe hinauf. »Helin Uzun« stand von Hand geschrieben am oberen Klingelschild. Karl-Dieter läutete. Er läutete ein zweites und auch ein drittes Mal, nichts rührte sich. Als er schon zu seinem Auto zurückwollte, wurde im Erdgeschoss ein Fenster geöffnet und eine ältere Frau steckte ihren Kopf heraus, die Vermieterin.

»Kann ich helfen?«

»Ich bin ein Kollege von Helin. Wissen Sie vielleicht, wo sie steckt?«

»Leider nein. Ich hab sie heut noch nicht gesehen.«

»Wollte sie verreisen?«

»Davon weiß ich nichts. Sie ist so ein nettes Mädchen, sie fragt mich immer, ob sie mir etwas mitbringen kann, wenn sie einkaufen geht.«

Karl-Dieter nickte und verabschiedete sich. Bevor er in seinen Corsa stieg, sah er noch mal zum Fenster hinauf und hielt stutzend inne. Hatte er sich getäuscht oder hatte sich gerade die Gardine bewegt?

22

Natürlich hat sie die Nummer erkannt. Gleich die zweite war es. Die Nummer von R. Tims Handynummer ist ihr natürlich noch besser vertraut, auch die Nummer ihrer Friseurin, ihres Fitnessstudios und die von Karl-Dieter konnte sie sofort zuordnen. Ihren Entführern muss es gelungen sein, alle Verbindungen der letzten Woche zu rekonstruieren. Dabei kann man ihr Handy nur mit Fingerabdruck starten. Ob die etwa, als sie betäubt war, ihren Finger genommen und über das Display geführt haben? Helin schaudert es bei dieser Vorstellung. Nur gut, dass sie keine Namen auf dem Handy gespeichert hat. Alle, die sich für die kurdische Sache engagieren, machen das so. Dadurch soll verhindert werden, dass der Sultan und seine Schergen leichtes Spiel haben, ihre Bewegung auszuheben. Auch die Vorgänger des Sultans, die mehr oder weniger demokratischen Regierungen der Türkei, behandelten Kurden als Menschen zweiter Klasse. Seit sich jedoch der Sultan nach oben geboxt hat, nahmen die Verfolgungen ein neues Ausmaß an. Wie viele wurden eingesperrt! Oft ohne konkrete Anklage, ohne anwaltlichen Beistand, ohne Besuchsrecht. »Man muss die internationale Gemeinschaft auf dieses Unrecht aufmerksam machen!«, hatte sie bei einem der ersten Treffen in der Wohnung von *R* in Neukölln empört gerufen. Die anderen lachten nur. Die internationale Gemeinschaft! Der seien die Kurden doch scheißegal. Die Türkei sei ein wichtiger Nato-Partner, ein Bollwerk im Nahen Osten, und außerdem sorgten die türkischen Grenzer dafür, dass Europa nicht mit neuen Flüchtlingen zu kämpfen hat. Ein falsches Wort, eine unbequeme Reaktion, und der Sultan ziehe den Stöpsel und flute den Westen mit der nächsten Million Migranten. So sehe das aus, das sei Realpolitik. Die Kurden waren nützliche Idioten, solange es galt, den IS zu bekämpfen. Als sie ihre Schuldigkeit getan hatten, konnten sie gehen, wie im Norden des Iraks. Autonomierechte hatte man ihnen versprochen. Autonomierechte? Ein Witz! Als man das von den Islamisten eroberte Erdölfeld in blutigen Schlachten zurückgewann, kamen die Irakis und verleibten es sich mit Drohungen wieder ein, ohne dass irgendwer auf der Welt protestierte. »Aber was können wir denn dann überhaupt tun?«, hatte Helin wütend in die Runde gerufen und zugleich mit den Tränen gekämpft. »Das kann doch nicht sein, dass man zusieht, wie ein ganzes Volk geknechtet wird, nur weil die Welt bereit ist, sich erpressen zu lassen.«

Die Kurdenfrage ist der einzige heikle Punkt in ihrer Beziehung zu Tim. So liberal und weltoffen Tim auch ist, gelegentlich lässt er durchblicken, dass er die kurdischen Autonomiebestrebungen für vorsintflutlich hält. Es komme doch nicht darauf an, noch mehr Nationalstaaten zu schaffen, es komme darauf an, größere Staatengebilde anzustreben, ähnlich wie die Europäische Union, die sein großes Vorbild für eine offene Zukunftsgesellschaft sei. »Okay! Dann nennen wir doch die Türkei künftig Kurdistan, und alle Türken dürfen gerne für alle Zeiten als freie Bürger im schönen Kurdistan leben«, hatte ihm Helin verärgert erwidert. Er musste darüber lachen und wollte sie küssen, sie aber drehte den Kopf zur Seite und stieß ihn weg. Wenn sie eines nicht verträgt, dann ist es, nicht richtig ernst genommen zu werden.

Oh ja! Sie streiten sich durchaus hin und wieder. Ist es nicht normal, dass man sich gelegentlich streitet, auch wenn man sich liebt? Oder gerade *weil* man sich liebt? Am häufigsten kriegen sie sich wegen Öcalan in die Haare, dem Vorsitzenden der PKK, der für ewige Zeiten von den Türken eingesperrt auf einer Gefängnisinsel sein Leben fristet, meist in Isolationshaft. Tim hält ihn dennoch für einen Idioten. Nichts gegen mehr Rechte für die Kurden, sagt er immer, aber bitte ohne diesen Verbrecher. Nicht nur die blutigen Anschläge oder der bewaffnete Kampf, auch sonst ... Wenn Öcalan glaubte, jemand in der PKK verfolge eine andere Richtung, sei er selbst in den eigenen Reihen nicht vor einem Mord zurückgeschreckt.

Auch Helin hat ihre Vorbehalte gegenüber dem Mann, der von ihren Eltern und so vielen Kurden wie ein Heiliger verehrt wird. Daheim hatte sie sich deshalb oft in die

Nesseln gesetzt, versuchte deutlich zu machen, dass es einen neuen, einen modernen Weg geben müsse, einen Weg ohne Apo, wie ihre Eltern Öcalan stets nennen. Griff Tim ihn allerdings an, wechselte sie sofort die Seite. Vielleicht passe es Tim ja nicht, zog sie ihn auf, dass sich Öcalan, der Atheist, so konsequent für die Rechte der Frauen einsetze und traditionelle Ehemänner, auch Kurden, als kleine Imperatoren bezeichne, die Frauen als ihren Besitz ansähen und sie in die Rolle der Dienstmagd hineinzwängten. »Ach komm«, hatte Tim darauf erwidert, »für eine Frau kann's doch nichts Schöneres geben, als geheiratet zu werden.« Er meinte es scherzhaft, gewiss, und trotzdem fiel sie wütend über ihn her. Sie wird ihn niemals heiraten, hat sie sich damals geschworen, zusammenleben ja, vielleicht auch für immer, aber nicht mit einem Trauschein. Helin wickelt die Decke dichter um sich. Nein, nicht mit einem Trauschein.

Missmutig schickt sie den Strahl der Taschenlampe hinauf in das verschachtelte Höhlengewölbe, wo er über dicke Spinnweben tanzt, die wie staubige Netze in den Ecken hängen. Ob der Spalt, den sie nicht erkennen kann, tatsächlich so schmal ist, dass sie nicht hindurchpasst? Doch so gründlich sie die Wände auch inspiziert, nirgendwo ist eine Chance zu erkennen, ohne Hilfsmittel hinaufzugelangen. Am besten, sie verschwendet keinen Gedanken mehr an die Möglichkeit einer Flucht. Das bringt doch nichts, das ist doch alles umsonst. Unwillig richtet sie die Taschenlampe wieder auf den Zettel mit den Telefonnummern. Wollen sie von ihr tatsächlich alle Namen wissen? Haben diese Typen keine andere Möglichkeit, diese herauszufinden? Oder will man sie vielleicht nur auf die Probe stellen, will man testen, ob sie kooperiert? Was, wenn sie sich weigert? Was werden sie dann mit ihr machen?

Tim schritt zügig die Treppen der Bayreuther Bahnhofs-
unterführung hinauf. Ein seltsamer Bahnhofsplatz! An
den Fassaden der gegenüberliegenden Gebäude kletterten
bunte Froschmänner zum Dach hinauf. Wie Geckos sahen
sie aus. Tim ging los. Zum Glück ging es seinem Bein wieder besser, die Schwellung am Oberschenkel war deutlich
zurückgegangen und einem vielfarbigen Hämatom gewi-
chen.

Er liebte es, nachts durch Städte zu laufen. Die Betrieb-
samkeit und Hektik war in diesen Stunden auf ein erträg-
liches Maß heruntergedimmt. Ohne den Alltagslärm, im
milden Licht der Straßenlaternen, das gnädig manche
Scheußlichkeit verbarg, gewann die Stadt ihre Unschuld
zurück. Tim wusste, dass er einen Fehler machte, er wusste, dass er gegen die strengen Abmachungen der Aktion
verstieß, und doch war er mit frohem Herzen unterwegs.
Er wollte ja gar nicht zu ihr, nicht zu Helin, er wollte nur zu
dem Haus, in dem sie wohnte, zu der schmalen Straße am
Park. Er wollte nur einen Blick hinauf zu ihrer Dachwoh-
nung werfen, wollte sehen, wie der Lichtschein aus dem
kleinen Fenster drang, denn sie schlief nie ohne die leuch-
tende Sternchenkette ein, die als Girlande über ihrem Bett
hing. Ein kurzer Blick und ein stiller Kuss hinauf, mehr
nicht. Dann würde er wieder zum Bahnhof zurückkehren,
würde von Bayreuth nach Nürnberg fahren, dort den Zug
wechseln und weiter mit der S-Bahn nach Erlangen. In der
Fahrradwerkstatt würde er sich auf die Liege werfen, bis
ihn Cem um neun aus den Federn schmiss. Eine Viertelstunde später, es war kurz vor Mitternacht, hatte er sein
Ziel erreicht. Die Wohnung von Helin war stockfinster.

Das musste nichts bedeuten, redete er sich ein. Vielleicht hatten die Proben heute länger gedauert, vielleicht war sie mit ihren Theaterleuten noch irgendwo eingekehrt. Wieso auch nicht? In Bayreuth gab es einige hübsche Gasthäuser, und schließlich hatte er sich für eine Woche bei ihr abgemeldet. Helin war ein freier Mensch. Und doch beschlich Tim ein klammes Gefühl. Helin war keine Nachteule. Dass sie nach Mitternacht zu Bett ging, war völlig untypisch. So munter sie tagsüber war, so sehr brauchte sie ihren Schlaf. Vielleicht lag sie ja auch längst dort oben, friedlich träumend. Oft hatte er sie noch betrachtet, wenn sie eingeschlafen war. Ihr hübsches Gesicht, die dunkle Locke, die ihr in die Stirn fiel, manchmal hatte sie auch im Schlaf geredet, nur Bruchstücke, kaum zu verstehen.

Tim konnte seinen Blick nicht vom Dachfenster lösen. Vielleicht hatte sie nur vergessen, die Lichterkette einzuschalten? Unschlüssig blieb er stehen, als würde er darauf warten, dass hinter dem Dachfenster das Licht plötzlich doch noch aufschien. Er tastete nach seiner Brusttasche. Das Smartphone steckte noch dort. Vielleicht hatte sie ihm eine Nachricht geschrieben. Und wenn er den Akku für einen kurzen Moment hineinschob? Was sollte schon passieren? Ein kleiner Punkt würde auf dem Bildschirm dieser Arschlöcher aufleuchten, weiter nichts. Natürlich durfte er das nicht vor Helins Wohnung tun. Was, wenn er das Handy im Zug aktivierte kurz vor der Ankunft in Nürnberg, es nach dem Lesen der Nachricht und einer kurzen Antwort sofort wieder ausschaltete und in die S-Bahn nach Erlangen sprang? Das war doch völlig ohne Risiko.

Es war gegen eins, als die Vororte Nürnbergs aus der Dunkelheit auftauchten. Tim saß allein im letzten Waggon, in der einen Hand sein Handy, in der anderen den Akku. Im Amnesty Workshop auf der Istanbuler Prinzeninsel hatte ihnen der Experte für IT-Sicherheit eingeimpft, keinesfalls ein Smartphone zu verwenden bei dem der Akku fest eingebaut war. Genauso gut könne man versuchen, mit einem herzförmigen Gasluftballon in der Hand unerkannt durch die Hagia Sophia zu spazieren, die der Sultan wieder zur Moschee erklären wollte. Selbst wenn man den Flugmodus ein- oder das Handy ausschaltete, konnte man geortet werden. Das war vermutlich auch der Grund, warum es kaum noch Geräte mit Wechselakkus gab. Technische Gründe für die festeingebauten Akkus waren nur vorgeschoben. Hersteller und Politik schienen sich auf den Deal verständigt zu haben. Die Politik garantierte den Handyherstellern über halblegale Steuersparmodelle weiter satte Gewinne, die Hersteller wiederum machten es der Polizei und den Geheimdiensten leicht, verdächtige Subjekte aufzuspüren. Eine Win-win-Situation, alle profitierten davon. Die Überwacher mussten nur die Handynummer wissen und in die Suchmaske eingeben, in Sekundenbruchteilen ploppte ein Punkt auf einer Karte auf. Deshalb zögerte Tim auch, den Akku bereits im Zug einzusetzen. Plötzlich hielt er das für keine gute Idee mehr. Vielleicht war es das Beste, das Handy erst auf dem Bahnsteig in Gang zu setzen, nicht dass die Verbrecher herausfanden, in welchem Zug er gesessen hatte. Nürnberg war zum Glück ein wichtiger Verkehrsknotenpunkt. Von hier aus konnte man in die unterschiedlichsten Richtungen weiterreisen, stolze sechsundzwanzig

Gleise gab es. Damit sollte er auf der sicheren Seite sein, man konnte unmöglich wissen, wohin ihn sein Weg danach führte. Hoffentlich gab es ein Lebenszeichen von Helin, wenn nicht, würde er ihr selbst eines zukommen lassen. Er hatte sich den Text auch schon gut überlegt, eigentlich war es nur ein Kusssmiley, nicht der mit den roten Bäckchen, der andere, der mit der normalen Gesichtsfarbe. Dazu nur zwei Worte: »miss you«.

Der Zug verlangsamte seine Fahrt, angestrahlte Hotelbauten tauchten auf, Leuchtreklame. Tim überlegte es sich wieder anders. Keine Nachricht an Helin, auch kein Kussmund. Niemand durfte von ihr wissen, er durfte sie nicht der kleinsten Gefahr aussetzen. Er wollte nur schnell nachsehen, ob sie ihm eine Nachricht geschrieben hatte, ob es einen Hinweis darauf gab, wo sie sich aufhielt und dass er sich keine Sorgen zu machen brauchte. Der Zug hielt mit quietschenden Bremsen. Endstation, Nürnberg Hauptbahnhof. Tim hielt den Akku weiter in der Hand. Auch das Gleis schien ihm plötzlich nicht mehr der richtige Ort zu sein, lieber unten beim Hauptausgang, da war sicher noch was los, da war es unauffälliger. Am Hauptausgang legte ein bärtiger Mann die Tageszeitungen aus, darunter auch die *Bild*-Zeitung. Auf der ersten Seite war ein Foto zu sehen, darunter die Schlagzeile: »Wer kennt diesen Mann?« Tim erbleichte. Der Mann auf dem Foto war er.

25

Nein, lieber nicht mit der S-Bahn, nicht wieder von Videokameras beobachtet werden. Lieber mit dem Taxi zurück nach Erlangen. Die *Bild* wurde gerade erst verteilt, noch hatte kaum einer davon Notiz nehmen können. Vor dem Haupteingang standen drei wartende Taxis, der Fahrer des ersten schien sich die Zeit mit dem Handy zu vertreiben. Tim blieb in einiger Entfernung stehen. Hektisch fummelte er den Akku in sein Smartphone und tippte den Code ein, der notwendig war, um es wieder in Gang zu setzen. Zum Glück hatte er ein ausgezeichnetes Zahlengedächtnis. Es dauerte ein Weilchen, dann war der Empfang hergestellt. Nichts. Keine Nachricht von Helin. Sofort ließ er den Akku wieder herausgleiten und ging zum Taxi hinüber.

»Sind Sie frei?«

»Ja, glauben Sie, ich stehe hier zur Verzierung herum, junger Mann?«, sagte der Fahrer und steckte das Telefon in seine Brusttasche.

Tim setzte sich in den Fond.

»Wohin wollen Sie denn?«

Tim zögerte kurz.

»Zum *Bayerischen Hof* nach Erlangen.«

Das Hotel war ein gutes Stück von Cems Werkstatt entfernt, sicher war sicher. Falls man sich an ihn erinnern sollte, war eine falsche Fährte gelegt. – Nach Erlangen? Der Taxifahrer brummte zufrieden, ein hübsches Geschäft.

Als sie am Plärrer an einer Ampel stoppten, hatte Tim das Gefühl, dass ihn der Fahrer im Rückspiegel musterte. Oder täuschte er sich? Litt er jetzt schon unter Verfolgungswahn? Auch die Strecke, die der Taxifahrer wählte, kam ihm unüblich vor. War es nicht schneller, die Straße zu nehmen, die am Rochusfriedhof vorbeiführte? Warum die Route über die Fürther Straße? Wieder stand eine Ampel auf Rot, wieder musste das Taxi halten. Erneut hatte Tim das Gefühl, dass er heimlich beobachtet wurde. Da fiel sein Blick auf den Beifahrersitz. Verflucht, dort lag die *Bild*-Zeitung, auf der Titelseite das Foto! Mit einem Satz sprang Tim aus dem Auto, gerade, als der Wagen wieder anfuhr. Tim stolperte, fing sich, rannte los. Verdammt! Hinter sich hörte er Reifen quietschten, das Taxi wendete, folgte ihm. Tim lief, so schnell er konnte. Zum Glück öffnete sich die Häuserfront, um einer Seitenstraße Platz zu machen, die hinunter zu einer Grünanlage an der Pegnitz führte. Tim sprang über die Stufen zum Ufer hinab. In seinem Rücken quietschten wieder die Reifen. Panisch drehte Tim sich um. Zum Glück kam ihm der Taxifahrer nicht hinterher. Bestimmt telefonierte er jetzt, sicher jagte er ihm die Polizei auf den Hals. Ohne nachzudenken spurtete Tim weiter, den Fußweg an der Pegnitz entlang Richtung Osten und dann geduckt über eine Brücke. Ein kleines Café lag am anderen Ufer. Hier hatte er sich an einem schönen Winternachmittag mit Helin getroffen. Sie hatte einen langen Wollmantel getragen und einen bunten Schal. Zusammen hatten sie einen Tee getrunken und waren dann noch spazieren gegangen, über die Hallerwiese und durch das Hallertörlein in die Altstadt hinein. Auf dem Kettensteg hatten sie sich geküsst und ein Selfie geschossen. Das alles schien ihm unglaublich weit weg. Schnell weiter! Er rannte in den Stadtteil St. Johannis hinein. Im Eingangsbereich einer Kirche hatte ein Obdachloser sein Lager aufgeschlagen. Tim lief um das Gotteshaus herum. Er musste unbedingt versuchen, Land zu gewinnen. Warum zum Teufel fahndete man nach ihm? Hielt man ihn etwa für den Killer von Agni? Das war ja absurd! Hatten die Idioten denn nicht erkannt, dass er der Flüchtende war – und die Mörder die anderen? Jetzt würde es nicht mehr lange dauern, bis sie seinen Namen rausfanden. Und zwar nicht nur die Polizei, sondern auch der türkische Geheimdienst. Jetzt wurde alles richtig kompliziert. Tim bog keuchend Richtung Osten ab. Er hätte sich ohrfeigen können. Zwar hatte er dem Taxifahrer nicht Cems Adresse genannt, mit dem *Bayerischen Hof* aber doch das Stadtviertel. Er konnte es sich an fünf Fingern abzählen, dass man die Straßen dieser Gegend nun bevorzugt absuchen würde. Er durfte auf keinen Fall direkt dorthin. Tim stoppte abrupt und versteckte sich hinter einer Litfaßsäule. Eine Polizeisirene! Aus welcher Richtung kam sie? Er hielt den Atem an. Zum Glück wurde die Sirene wieder leiser. Dennoch, er musste dringend weg von der Straße. Vorsichtig schlich er weiter. Wieder meinte er, das Geheul einer Sirene zu hören. Ein lang gezogener Aldi-Markt tauchte auf. Ohne lange zu überlegen lief Tim auf das Gebäude zu. Beim Lieferanteneingang stand ein Abfallcontainer. Rasch kletterte er hinauf, dann auf das Flachdach. Die Sirene wurde immer lauter, nun wirbelten auch noch die Reflexe eines Blaulichts durch die Nacht. Bäuchlings robbte Tim zu einer breiten Regenrinne. Dort blieb er atemlos liegen.

Eine junge deutsche Journalistin, Mutter eines zweijähri-
gen Sohnes. Plötzlich stürmt eine Spezialeinheit ihre Istan-
buler Wohnung, vor den Augen des Kleinen nimmt man die
Journalistin fest. Ihr Junge wird unbekannten Nachbarn
in die Hand gedrückt, sie verschwindet im Gefängnis. Me-
sale T. sehnt sich nach ihrem Kind, tritt in den Hunger-
streik. Nach Wochen darf ihr Vater sie besuchen, bringt
den Kleinen mit. Gemeinsam mit fünfundzwanzig Frauen
lebt der Junge nun in einer Zelle. Erst nach zwei Monaten
erhalten deutsche Diplomaten die Möglichkeit, die junge
Frau zu besuchen. Die Ulmerin hat für ein Istanbuler Pri-
vatradio gearbeitet, das, wie so viele Radiostationen, vom
türkischen Präsidenten dichtgemacht wurde. Warum man
sie festgenommen hat? Terrorpropaganda, behauptet die
Anklage. Terrorpropaganda! Damit kennt der Sultan sich
aus. Er ist der Meister des Terrors und der Propaganda.

Die Wunde schließt der Speer nur, der sie schlug.

Parsifal, 3. Aufzug

MITTWOCH

26

Ein Vögelchen. Es muss durch den Spalt gekommen sein, durch den das erste Morgenlicht zu fallen scheint. Wie glücklich ist Helin über dieses kleine Hoffnungszeichen. Ob sich der Kleine verirrt hat? Ob er nicht mehr hinausfindet? Er hat sich auf einer schmalen, vorspringenden Felsenecke niedergelassen, hoch oben im Gewölbe. Dort sitzt er und stößt leise Piepser aus. – Hab keine Angst, mein kleiner Freund! Fürchte dich nicht vor mir. Ich tu dir nichts! – So schnell er gekommen ist, so schnell fliegt der Vogel wieder davon. Helin blickt ihm traurig hinterher. Warum lässt er sie allein?

Doch sie tut ihm unrecht. Keine fünf Minuten später ist er wieder zurück, dieses Mal mit einem Würmchen im Schnabel. Wieder lässt er sich auf dem Felsvorsprung nieder, sieht sich ein Weilchen um, dann fliegt er zu einer winzigen Höhlung in einem Winkel des Gewölbes, wo sich ihm ein anderer Schnabel entgegenstreckt. Ein Nest! In gut drei Metern Höhe befindet sich ein Nest. Helin bemerkt es erst jetzt. Und schon schwirrt das Vögelchen wieder hinaus ins Freie.

Nun kommt Helin auf andere Gedanken. Für Vögel hat sie sich schon immer interessiert, den Namen dieses Vögelchens aber kennt sie nicht. Doch kommt es darauf an? Sie nennt ihn ihr Rotschwänzchen, glaubt sie doch, dass er einem Vogel ähnelt, der bei ihrer Tante, die in Neuperlach wohnte, unter dem Vordach gebrütet hat, ein nervöses, äußerst vorsichtiges Tier. Helin stellt sich auf die Zehen. Der Schnabel, den das Vögelchen gefüttert hat, war kein Kinderschnabel. Vermutlich gehört er dem Weibchen, es ist dabei, die Eier auszubrüten, deshalb traut es sich nicht weg. Dass das Vogelpaar jetzt noch brütet, erscheint Helin wie ein Wunder. Nester werden doch im Frühling gebaut, und nicht im Sommer. Doch egal, es ist ja gut so. Jedes Mal, wenn das Rotschwänzchen nach draußen fliegt, hat sie Angst, es wird nicht mehr zurückkommen, und jedes Mal schlägt ihr Herz vor Freude, wenn sie ihren kleinen Freund wieder erblickt. Wann wohl die Jungen schlüpfen? Ob sie dann noch in ihrem Loch sitzt? Die Liste mit den Telefonnummern hat sie zerrissen. Helin schließt die Augen, sie stellt sich vor, wie es wäre, Flügel zu haben. Sie träumt sich zurück nach Kurdistan, in einen der Sommer, den sie als Kind dort verbracht hatte.

27

Bei ihrer Ankunft kommen die Kinder des Dorfes angerannt, manche mit Sandalen, manche mit nackten Füßen. Alle sind sie neugierig auf das Mädchen aus der fremden, fernen Welt, einer Welt, von der man nur vom Hörensagen weiß. Breite Autobahnen mit schicken Wagen soll es da geben, blitzende Städte und Eisdielen an jeder Ecke. Davon wollen sie hören, davon soll Helin ihnen erzählen. Dafür wollen sie ihr die Geheimnisse hier zeigen, das Lager mit den alten Autoreifen, aus denen sich wunderbar Hütten bauen lassen, und das Versteck der kurdischen Viper, einer Schlange, die bis zu einem Meter lang wird. Man darf ihr nicht zu nahe kommen, denn ihr Biss kann tödlich sein. Drei Brüder aus der Nachbarschaft, vielleicht sind es auch Cousins, wollen sie gleich am nächsten Morgen abholen. Helins Großmutter ist das nicht recht, sie ist etwas ängstlich, will Helin nicht aus den Augen lassen. Bapi aber, ihr Großvater, zwinkert ihr nur lustig zu, und schon ist sie mit den drei Jungen davon. Arif und Dardan sind etwa so alt wie sie, Firat ist einen Kopf größer, über seiner Oberlippe wächst schon ein zarter Flaum. Er ist der erste Junge, in den sie sich verliebt. Sie mag sein übermütiges Lachen, sein Draufgängertum und die Art, wie er auf die steilsten Felsen klettert. Am liebsten aber mag sie, wie er sie anlächelt, halb schalkhaft, halb liebevoll. Er trägt seine Haare länger als die anderen, ist mager wie alle Kinder im Dorf, zugleich aber sehnig und durchtrainiert. Am zweiten Tag möchte er ihr zeigen, wie man Vögel fängt. Dazu steigen sie auf einen kleinen Hügel am Südrand des Dorfes, wo ein paar Krüppelkiefern stehen. In einer Astgabel hat ein Vogel sein Nest gebaut. Firat zieht einen Faden aus der Tasche, aus dem er geschickt eine Schlinge formt. »Schau genau zu«, sagt er, »auf den Knoten kommt es an.« Dann läuft er zu der Kiefer mit dem Vogelnest. Helin beobachtet, wie Firat auf den Baum klettert, geschickt umfasst er mit beiden Beinen den Stamm und zieht sich mit den nackten Armen hinauf. Als er die Astgabel erreicht, fliegt das Vogelpaar erschrocken davon, auf einen Nachbarbaum, um aus sicherer Entfernung wild zu schimpfen. Firat beachtet es nicht und zieht den Faden aus der Tasche, die vorbereitete

Schlinge. Das freie Ende knotet er um einen Ast, dann lässt er sich wieder hinuntergleiten. Hinter einem Felsbrocken verborgen sehen die beiden Kinder zu, was nun passiert. Es ist ein heißer Tag, fast windstill. Der Duft von Harz und wildem Thymian liegt in der Luft. Dicht beieinander liegen sie an den Felsen gelehnt und blicken zu der Kiefer hinüber. Es dauert eine Weile, bis sich die Vögel wieder zu ihrem Nest trauen. Dann passiert es: Einer der beiden, wohl das Weibchen, verheddert sich in der ausgelegten Schlinge, will davonfliegen, bleibt aber an dem festgespannten Faden hängen, wirbelt kläglich zwitschernd und wild mit den Flügeln schlagend immer im Kreis herum. Firat lacht begeistert, will los, will sich den Vogel schnappen. Ein Leckerbissen! Doch Helin greift nach seiner Hand, hält ihn zurück.

»Was ist denn?«

»Lass ihn wieder frei.«

»Frei? Aber wieso?«

»Bitte!«

Er schaut sie forschend an. Was für ein seltsames Mädchen! Man fängt doch keinen Vogel, um ihn wieder fliegen zu lassen. Doch etwas in Helins Blick lässt ihn zögern. Also gut, dann eben nicht. Schnell klettert er wieder zum Nest hinauf, greift vorsichtig nach dem flatternden Vogel, befreit ihn aus der Schlinge, schaut zu Helin hinunter, lacht und wirft das Vögelchen hoch in die Luft. Als er wieder zu ihr zurückkommt, drückt sie ihm scheu die Lippen auf die Wange, der erste Kuss ihres Lebens.

28

Beim ersten Morgengrauen kletterte Tim mit klammen Gliedern vom Dach hinunter. Die ganze Nacht hatte er ausgehalten, hatte nicht gewagt, sich zu rühren. Eine gefühlte Ewigkeit noch waren Polizeiautos durch die Straßen gerast, ein Rieseneinsatz. In schwachen Momenten hatte Tim erneut mit dem Gedanken gespielt, sich der Polizei zu stellen. Wäre das nicht das Vernünftigste? Mit etwas Glück würde man ihm glauben. Abgesehen von dem bescheuerten Foto war er doch völlig unverdächtig, hatte keinerlei Vorstrafen und einen einwandfreien Leumund. Jeder, der ihn kannte, würde sich für ihn einsetzen. Und doch, ein innerer Widerstand hielt ihn davon ab. Er traute der Polizei nicht mehr. Wer weiß, welche fingierten Straftaten die türkische Regierung inzwischen gegen ihn vorgebracht hatte. Darin waren sie äußerst kreativ. Dass er Deutscher war, bedeutete nichts, schließlich hatte er lange in Istanbul gelebt und gearbeitet. Wie war es denn Paul ergangen, seinem Berliner Freund von Amnesty International? Auf der Prinzeninsel vor Istanbul hatten sie ihm Handschellen angelegt und ihn in den Bau gesteckt, in Einzelhaft, genau wie alle türkischen Seminarteilnehmer. Paul hatte ihn nicht verpfiffen, dafür war er ihm unglaublich dankbar. Nur weil er zufällig gerade auf der Toilette war, hatten sie ihn nicht erwischt. Wahrscheinlich hatten sie anschließend noch das ganze Gelände durchkämmt, auch die Waschräume, da aber hatte er schon mitbekommen, was im Seminarhaus ablief und sich in seiner Panik unten am Meer unter der Plane eines Fischerboots versteckt. Paul war Deutscher, genau wie er selbst, dennoch hatte die deutsche Politik nichts für ihn tun können. Untersuchungshaft war in der Türkei etwas völlig anderes als in Deutschland. Über Monate konnte man unter strenger Isolation eingesperrt werden, ohne Verhandlung, ohne Prozess, nur aufgrund eines vagen, meist konstruierten Verdachts. So hatten sie es auch mit Paul gemacht. Die Polizisten gingen nicht zimperlich mit ihren Gefangenen um, Misshandlungen bis hin zur Folter waren in der Türkei an der Tagesordnung, besonders bei politischen Gefangenen. Mit denen konnte selbst der kleinste, unbedeutendste Polizist anstellen, was er wollte. Probleme mit seinem Vorgesetzten? Ein Witz! Das Einzige, was ihm drohte, war, schneller befördert zu werden. Bevor man ein Folteropfer freiließ, wurde es weißgewaschen. So nannten sie das. Die letzten zwei Wochen vor der Entlassung wurde man nicht mehr malträtiert. Abwarten, bis der letzte Bluterguss verheilt war. Folter? Welche Folter?

Der Koffer war das Wichtigste, auf ihn kam alles an. Er war ihre einzige Hoffnung. Nur mithilfe seines Inhalts konnte es gelingen, den Tyrannen von Ankara zu stürzen. Tim brannte darauf zu erfahren, welche Dokumente der Koffer enthielt. Noch wusste er nichts Genaues, noch konnte er nur darüber spekulieren. Wie brandgefährlich sie aber waren, dafür sprach der Mord an dem armen Agni.

Tim rieb sich die kalten Glieder, bevor er loslief. Wie hatte er auf dem Metalldach gefroren. Er kehrte zu seinem Ausgangsgedanken zurück. Wenn er mit dem Koffer zur deutschen Polizei ginge und sagte, man dürfe das Ding leider nicht öffnen, weil es sonst in die Luft flöge, man müsse erst noch auf die Postkarte einer alten Dame aus einem Dorf bei Istanbul warten, wie würden die Polizisten wohl reagieren? Sie würden ihn auslachen und ihn in die nächste Psychiatrie einweisen. Und da war noch etwas, das es ihm unmöglich machte, zur Polizei zu gehen. Man würde ihn fragen, warum er sich erst jetzt stelle. Selbst wenn er nicht zugestochen hatte, sei er dennoch Zeuge eines Mordes geworden. Warum war er seiner Zeugenpflicht nicht nachgekommen? Nein, keinesfalls zur Polizei. Er musste schnellstens zurück zu Cems Werkstatt und ein neues Versteck suchen, für sich und den Koffer. Nun war er endgültig zum Gejagten geworden.

29

Karl-Dieter wachte gerädert auf. Ob es daran lag, dass er zu viel gegessen und getrunken hatte? Im *Holzgarten* hatte es aber auch zu gut geschmeckt. Lieber allerdings hätte Karl-Dieter im trauten Heim in Kosbach zu Abend gegessen, dann hätten sie alles noch einmal gründlich und in Ruhe durchsprechen können, das ganze Prozedere. Wichtig erschien ihm vor allem die Frage, wer von ihnen beiden der Vater sein sollte. Karl-Dieter war entschieden für die Elton-John-Methode.

»Die Elton-John-Methode?«, hatte Mütze verständnislos gefragt.

»Na, du weißt schon, ein Samencocktail eben.«

»Wie bitte?«

»Jetzt stell dich doch nicht so dumm, Spermien von uns beiden halt, gemischt, damit keiner weiß, wer der Vater ist.«

Mütze hatte gelacht. Das würde man doch spätestens dann merken, wenn ihr Kleiner sich lieber mit einem Buch in die Ecke werfe, statt Fußball zu spielen.

»Es soll auch Fußballspieler geben, die gelegentlich ein Buch lesen«, hatte Karl-Dieter erwidert. Warum konnte

Mütze nicht mal ernsthaft bleiben? Im *Holzgarten* jedenfalls hatten sie wegen der Nähe zu den anderen Tischen ihre so wichtigen Zukunftsgespräche nicht ungestört fortsetzen können. Stattdessen hatte Mütze sich noch einmal die Parsifal-Story erzählen lassen und dazu laut gelacht und den Kopf geschüttelt.

»Was gibt es da zu lachen?«, hatte Karl-Dieter gefragt.

»Entschuldige, aber das Ganze ist doch ein einziger Quatsch. Besonders dieser König – wie hieß er noch? – dieser Amfortas. Der ganze Aufwand, um den Alten wieder gesund zu kriegen. Einfach sterben lassen, das wäre mein Rat.«

»Wieso das?«

»Verstehst du das denn nicht, Knuffi? Warum ist der König denn so schwer verletzt worden? Doch nur, weil er diesen Klingsor nicht wieder an seinen Tisch gelassen hat. Deshalb ist der Typ aggressiv geworden, zu Recht, wenn du mich fragst. Warum hat man Klingsor denn hinausgeworfen? Bloß weil er mal seinen Spaß haben wollte. Und obwohl er es bereute und sich sogar die Eier abgeschnitten hat, um so etwas Unanständiges nie wieder zu tun, hat ihm der Alte keine Chance mehr gegeben. So ein sturer Bock!«

Ach Mütze, er nahm alles so wörtlich und erkannte nicht den tieferen Sinn der Geschichte, die Sehnsucht nach Erlösung! Liebevoll blickte Karl-Dieter zu dem Freund hinüber, der noch ratzte wie ein Murmeltier. Vielleicht hatte es auch an Mützes Geschnarche gelegen, dass er dauernd aufgewacht war, dachte sich Karl-Dieter und stand leise auf, um sich ein Glas Leitungswasser zu holen. Die Schnarcherei verzieh er Mütze heute gerne. Mit routinierten Griffen legte er Mützes Jeans ordentlich über die Sessellehne und ließ Socken und die Boxershorts im Wäschesack verschwinden.

Kurz nach Mitternacht, beim letzten Tropfen des fränkischen Cuvées, von dem sie noch eine zweite Flasche geordert hatten, hatte sich Karl-Dieter getraut, noch einmal im Flüsterton auf ihre süßen Pläne zu sprechen zu kommen. Es lag ihm sehr viel daran, an den USA festzuhalten und keine ausbeuterischen Praktiken in einem Land zu unterstützen, dessen Frauen auf einen Nebenverdienst als Leihmutter angewiesen waren. Deshalb hatte er Tante Dörte ins Spiel gebracht.

»Du wirst Tante Dörte doch nichts von unserem Geheimnis erzählt haben?«, hatte Mütze geknurrt.

»Nicht doch! Jedenfalls nichts Konkretes. Ich hab sie lediglich gefragt, was ihr ein kleines Taufgeschenk wert wäre.«

»Und?«, hatte Mütze gefragt und eine gewisse Neugier nicht verbergen können.

»Och«, hatte Karl-Dieter geantwortet, »Tante Dörte meinte, ihre Lebensversicherung bräuchte sie nicht mehr, hundert Taler würde sie für einen neuen Erdenbürger gerne ausgeben.«

»Hundert Taler?«

Karl-Dieter hatte sich rasch umgesehen, ob jemand zuhörte, sich dann vorgebeugt und geflüstert: »Hundert Taler multipliziert mit tausend!«

30

Was zwitschert denn da? Das hört sich ja ganz anders an, so frisch und vielstimmig. Süße, kleine Vogelstimmchen! Sie sind geschlüpft! Helins Herz hüpft vor Freude. Wie kann das sein? Wie kann sie sich nur freuen, in ihrem dunklen Verlies? Noch dazu, wo die Schnipsel des Zettels mit den Telefonnummern um sie herumliegen? Wie viele Junge mögen es sein, zwei, drei? Sie lehnt sich in die andere Ecke der Höhle, um einen besseren Blick auf das Nest zu haben. Im selben Moment hört sie Schritte. Schnell legt sie sich wieder auf ihre Matratze, gerade, als die Eisentür aufgeht. Mit schnellem Schritt treten die Männer ein, werfen die Tür scheppernd hinter sich ins Schloss.

»Die Liste!«, dröhnt eine Stimme.

Wieder sind sie zu zweit, wieder tragen sie Masken. So seltsam das klingt, die Masken machen Helin keine Angst. Im Gegenteil. Richtig bedrohlich wird es erst, wenn die Männer ohne Maske kommen. Das ist ihr in der Nacht klar geworden. Wenn die Typen ihr wahres Gesicht zeigen, bedeutet das ihr Todesurteil. Dann ist offensichtlich, dass man sie als Zeugin nicht mehr fürchtet.

Helin springt auf und deutet auf die Papierfetzen am Boden. »Ich habe nichts Unrechtes getan. Und meine Freunde auch nicht. Lasst mich sofort frei!«

Der eine der Männer, der mit der tiefschwarzen Maske, ist offensichtlich der Capo. Statt Helin zu antworten, greift er in seine Tasche.

»Siehst du das?«, fragt er seinen Begleiter, und seine Stimme wird plötzlich zuckersüß.

»Ah! Was kann denn das sein?«

»Och, nur ein kleines Fläschchen.«

»Was für ein Fläschchen?«, stellt sich der andere, dessen Maske eher gräulich schimmert, ahnungslos.

»Ein ganz harmloses Fläschchen.«

Er blickt auf den Boden, wo gerade eine dicke Spinne entlangläuft. Er öffnet das Fläschchen und lässt einen Tropfen auf die Spinne fallen. In Sekundenschnelle zerschmilzt das Spinnentier, nur ein hässlicher, klebriger Klumpen bleibt übrig.

Der andere lacht: »Feines Fläschchen!«

»Also, wo ist die Liste?«, wendet sich die schwarze Maske wieder an Helin. »Ein so hübsches Gesicht, das wäre doch schade.«

Helin starrt wie versteinert auf den stinkenden Spinnenrest. Diese Monster! Das meinen sie nicht ernst, das machen sie doch nur, um ihr Angst einzujagen. Oder?

»Was meinst du?«, fragt die schwarze Maske den Grauen und schlägt wieder diese zuckersüße Stimme an. »Es wäre doch wirklich schade!« Dabei hält er das Fläschchen hoch.

»Sehr schade!«, pflichtet ihm sein Begleiter bei.

»Einen Tag!«, ruft Helin panisch. »Gebt mir noch einen Tag Zeit!«

»Einen Tag? Das geht nicht, entschuldige, dass wir so ungeduldig sind. Aber wir sind ja keine Unmenschen, du darfst bis heute Abend nachdenken«, sagt die schwarze Maske gedehnt und gibt ihr einen neuen Zettel mit der Liste. »Deine letzte Chance.«

Er lässt einen weiteren Tropfen aus dem Fläschchen fallen. Zischend und stinkend verdampft der Spinnenrest.

31

Er versuchte, wie ein Freizeitsportler zu wirken, als er den Weg entlang des Europakanals Richtung Erlangen joggte, den nur Fußgänger und Radfahrer nutzen durften. In einem Ein-Euro-Shop hatte er sich eine Sonnenbrille gekauft und eines dieser hässlichen Coco-Cola-Käppis. Mit dieser Verkleidung kam sich Tim schon selbst wie ein Verbrecher vor. Zum Henker! Er lebte in einem freien Land und kämpfte darum, dass seine zweite Heimat, die Türkei, wieder ein freies Land wurde. Und nun lief er herum wie ein Idiot. Und doch war es richtig, vorsichtig zu sein. Eiskalt hatten die Typen Agni getötet, ohne jede Vorwarnung hatten sie zugestochen. Muss ein verdammt scharfes Messer gewesen sein, ohne erkennbaren Widerstand war es in Agnis Brust geglitten. Wie ihn der Sterbende angeschaut hatte, als er verblutend zusammengebrochen war! Tim schauderte immer noch, wenn er daran dachte. Ob Agni Familie hatte? Wie er gelebt hatte, welcher Arbeit er nachgegangen war, nichts wusste Tim von ihm. Das war Bedingung bei der Aktion. Keiner sollte mehr als unbedingt nötig vom anderen wissen. Nur einer wusste über alles Bescheid, irgendwo in Istanbul. Kronos. Bei ihm liefen die Fäden zusammen. Ein Mann mit Hund kam Tim entgegen, unwillkürlich zog er sich das Käppi tiefer in die Stirn.

Als er endlich in der Fahrradwerkstatt anlangte, verschwitzt und außer Atem, war Cem schon bei der Arbeit. Ohne Tim auch nur eines Blickes zu würdigen, warf er ihm die *Bild*-Zeitung hin und fuhr fort, die Speichen nachzuziehen.

»Du glaubst doch nicht, dass ich das war?« Tim konnte es nicht fassen.

»Und was ist das unter dem Regal?«

Cem hatte den Koffer entdeckt.

»Cem, jetzt schau mich doch mal an, hältst du mich für einen Mörder?«

»Was ist das für ein Koffer?«

»Das darf ich dir nicht sagen, noch nicht. Aber er ist wirklich wichtig, glaub mir!«

»Wichtig für wen?«

»Wichtig für die Wahrheit.«

»Die Wahrheit!« Cem lachte auf. »Und warum erzählst du sie mir nicht einfach?«

»Um dich nicht mit reinzuziehen, du Idiot! Hast du denn kein Vertrauen mehr zu mir? Weißt du noch, als Aubke deinetwegen ausgeflippt ist? Hab ich dich damals etwa verpfiffen?«

Cem legte den Speichenspanner beiseite und blickte Tim kopfschüttelnd an: »Und jetzt?«

»Ich verschwinde, keine Sorge. Nur eine Bitte, eine letzte. Wenn die Postkarte kommt, du weißt schon, die aus der Türkei, kannst du mir dann bitte Bescheid geben?«

»Okay, ich schick dir eine Nachricht aufs Handy.«

»Ich darf mein Handy im Moment nicht nutzen.«

»Auch das noch! Das macht dich wirklich total unverdächtig.«

»Cem! Was ist? Sind wir noch Freunde?«

32

Was für ein Glück, dass die zwei schrecklichen Typen das kleine Mäppchen nicht entdeckt haben! Tief unten in der Innentasche ihrer Jacke hat sie es stecken, ein Notfallset mit Nähutensilien, das sie bei ihrer Arbeit schon oft gerettet hatte. Darin befindet sich auch etwas Zwirn, ein sehr dünner, aber reißfester Faden. Rasch wickelt sie ihn ab, formt an einem Ende eine kleine Schlaufe, so wie sie es von Firat gelernt hat, damals, in dem kleinen Dorf in Kurdistan, als sie zusammen auf Vogeljagd gegangen sind. Die Schlaufe verknotet sie gut, auf diesen Knoten komme es an, hat Firat ihr eingeschärft. Dann zieht sie das andere Ende des Zwirns durch die Schlaufe, fertig ist die Falle. Nun noch das Zettelchen. Auch die kleine Schere aus dem Nähset hat ihr gute Dienste geleistet. Mit einer ihrer scharfen Klingen hatte sie so lange an der Bleistiftmine entlanggeschabt, bis es nicht mehr spitzer ging. Es war erstaunlich, wie fein und eng man mit solch einem Bleistift schreiben konnte, mit einem Kugelschreiber wäre das niemals gegangen. Sorgfältig rollt sie das Zettelchen zusammen und bindet das freie Ende des Zwirnsfadens darum.

Fieberhaft ist sie mit der Umsetzung ihres Plans beschäftigt. Das Schwierigste wird sein, zum Nest hinaufzugelangen. Die Nische im Felsen, die kleine Vertiefung, aus der die frisch geschlüpften Rotschwänzchen piepen, befindet sich einen guten Meter oberhalb der Stahltür. Die Tür ist in den Felsen gemauert, die Steine sind nur grob verfugt. Wieder und wieder versucht sie es, mit zähem Willen schafft sie es endlich bis hinauf zum Nest. Nun kommt es darauf an. Zwischen den Lippen hält sie den Faden, an dessen Ende das zusammengerollte Zettelchen hängt, nicht zu fest und nicht zu locker. Sie hat lange damit herumexperimentiert. Es darf sich keinesfalls zu rasch vom Faden lösen, damit es nicht zu früh herunterfällt. Gewiss, die Chance, dass ihr Vorhaben funktioniert, ist gering, doch besser eine kleine Chance als gar keine. Außerdem ist alles leichter zu ertragen als das sinnlose Herumsitzen in ihrem dunklen Loch. Mühsam klammert sie sich mit ihrer rechten Hand an den kalten Stein. Nun gilt es die Schlinge richtig zu platzieren. Sie kann die Schnäbelchen der Kleinen sehen, die drei piepsen ihr entgegen. Ob alle Babyvögel so große Schnäbel haben? Über sich im Gewölbe hört sie es ärgerlich tschilpen, die Vogeleltern sind zurück. – Nur ruhig, ihr beiden, bin ja gleich wieder weg. – Es ist schwieriger als gedacht, sie hat nur eine Hand frei, mit der anderen hält sie sich weiter krampfhaft an der hervorstehenden Felskante fest, um nicht abzustürzen. Die Schlinge ist ausgelegt, jetzt ist es noch wichtig, das Ende mit dem Zettelröllchen sanft am Nest zu befestigen, nicht zu leicht, denn dann zieht sich die Schlinge nicht um das Vogelbeinchen, aber erst recht nicht zu fest, sonst bleibt das Rotschwänzchen am Nest hängen und kann nicht mehr davonfliegen, so wie damals der Vogel in der Krüppelkiefer in ihrem kurdischen Dorf. Schließlich hat sie es geschafft und klettert schnell wieder hinunter. Sie hat sich die Stelle gemerkt, an der die Eltern landen, genau dort liegt jetzt die dünne Schlinge. Mit atemloser Spannung beobachtet Helin, was geschieht. – Kommt, ihr Vogeleltern, die Gefahr ist vorbei. Hört, wie eure Kleinen nach euch rufen! – Endlich traut sich einer der beiden wieder zum Nest. Helin beißt sich vor Aufregung in den Finger. Doch als der Vogel wieder wegfliegt, ist nichts geschehen. Das weiße Papierröllchen baumelt unverändert an seinem Platz. Die Schlinge, sie hat versagt. Helin fährt sich durch die Haare. Soll sie noch einmal hinaufsteigen? Soll sie die Schlinge vielleicht etwas weiter nach vorne ziehen? Da kommt der andere Elternvogel zum Nest geflogen und stopft die hungrigen Schnäbel. Als er wieder davonfliegen will, hängt etwas Weißes an seinem Fuß. Der Zettel! Helins Herz macht einen Sprung. Doch was ist das? Statt hinaus aus dem Gewölbe zu fliegen, flattert das Vögelchen aufgeregt im Kreis herum, scheint mit dem Schnabel nach dem Zettelchen schnappen zu wollen, wieder und wieder, wird immer aufgeregter – und dann geschieht das Schreckliche. In wildem Flug verliert der Vogel die Orientierung und stößt mit seinem Köpfchen gegen die Mauer.

Ein Krächzen, ein Taumeln durch die Luft, dann fällt das Rotschwänzchen zu Boden wie ein Stein und bleibt vor Helins Füßen liegen. Noch kurz zuckt es ein-, zweimal, dann streckt es die Flügel. Erschrocken nimmt Helin den Vogel in ihre Hände, er rührt sich nicht mehr. Aus dem Schnäbelchen fließt ein Tropfen Blut. Helin fängt an zu weinen, die Tränen schießen ihr in die Augen. Was hat sie getan?

33

Wohin jetzt? Er hatte keine Ahnung. Nicht nur der türkische Geheimdienst war hinter ihm her, auch die deutsche Polizei und durch den Fahndungsaufruf ganz Franken. War es nicht besser, sich einen Unterschlupf irgendwo auf dem Land zu suchen, eine verlassene Mühle im Aischgrund vielleicht, oder besser noch eine Hütte in einem einsamen Tal in der Fränkischen Schweiz? Doch auch Wanderer lasen die *Bild,* und außerdem spazierte das Foto, das ihn auf der Rolltreppe am Nürnberger Flughafen zeigte, nun bestimmt durch sämtliche Medien. – *Wer kennt diesen Mann? Hinweise an jede Polizeidienststelle* – Bald schon würde man ihn namentlich suchen, davon war er überzeugt. Cem würde den Mund halten, aber natürlich gab es genügend andere, für die er kein Unbekannter war. Die neuen Kollegen von Adidas würden ihn sicher wiedererkennen, die Leute von der Adenauer-Stiftung, die Angestellten des Fitnessstudios, das er zweimal pro Woche besuchte, und wer weiß wer noch. Ja, auch die Bekannten seiner Eltern. Zwar lebten seine Eltern in Virginia, aber ihre ehemaligen Nachbarn in Alterlangen würden sich an ihn erinnern. Und dann gab es da noch Helins Eltern. Die würden wahrscheinlich als Erste zur Polizei rennen.

34

Sie haben es immer schon gesagt, dass er nichts taugt, dass er auch so einer sei, einer von diesen Deutschen, die alle Muslime für Abschaum halten. Wie oft hat Helin versucht, ihren Eltern klarzumachen, dass Deutscher nicht gleich Deutscher ist. »Und Großvater«, hieß es dann nur, »was ist mit Großvater?« Dann fing die Stimme ihres Vaters an zu beben, und ihre Mutter begann zu weinen, dann war jede weitere Diskussion zwecklos. Helins geliebter Großvater, der Vater ihres Vaters, war einer Racheaktion der türkischen Armee zum Opfer gefallen. Die PKK hatte nahe seinem Dorf mit einer Sprengfalle einen ihrer gepanzerten Mannschaftswagen in die Luft gejagt, daraufhin waren die überlebenden Türken wütend ins Dorf gefahren und hatten in einer spontanen Aktion zehn Männer aus den Häusern gezogen und auf dem Marktplatz exekutiert. Vor den Augen seines Sohnes, des Vaters von Helin, hatten sie ihm in den Kopf geschossen.

»Und von wem hatten sie den gepanzerten Mannschaftswagen? Von den Deutschen! Mit welchen Gewehren ist Großvater erschossen worden? Mit deutschen! Die Deutschen liefern dem Sultan doch alles, was er haben will, ohne die Waffen aus Deutschland wäre er ein Zwerg. Nur mithilfe der deutschen Lieferungen kann er uns unterdrücken, sonst hätten wir längst gesiegt, und dein Großvater würde noch leben. Haben die Deutschen jemals gezögert, dem Sultan

Waffen zu liefern? Nein! Wer damit erschossen wird, ist ihnen doch völlig egal.«

So denken, so fühlen ihre Eltern. Seit dem Tod des Großvaters sind Deutsche für sie Deutsche, egal wie alt oder wie jung sie sind, wie sie denken oder fühlen. Und ausgerechnet in einen Deutschen hat sich Helin verlieben müssen. Wenn sie einen Südseeinsulaner oder einen Inuk genommen hätte, wäre das nicht so schlimm für sie gewesen. Seit sie mit Tim befreundet ist, hat Helin den Kontakt zu ihren Eltern auf ein Minimum beschränkt, worunter sie sehr leidet, auch wenn sie das Tim gegenüber niemals zugeben würde.

35

Tim setzte wieder seine Sonnenbrille auf und wanderte auf stillen Wegen aus Erlangen hinaus Richtung Dechsendorfer Weiher. Dort würde er sich auf eine Bank setzen und in Ruhe über alles nachdenken. Mit dem Reiserucksack sah er aus wie einer dieser jungen Low-Budget-Touristen. Nicht die schlechteste Tarnung. Seine Kleidung hatte er in eine Abfalltonne geworfen und stattdessen den Aktenkoffer in den Rucksack gesteckt. Tim seufzte, als er die Regnitz bei der Wöhrmühle querte. Was hätte er dafür gegeben, einfach bei Helin unterzuschlüpfen! Ihre Nähe zu spüren, ihren Rat zu hören, wie gut hätte ihm das jetzt getan. Einfach nur auf ihrem geblümten Sofa liegen, Zeitungen lesen und darauf warten, dass die Postkarte eintraf. Aber das ging nicht.

Helin durfte nicht in die Sache hineingezogen werden, auf gar keinen Fall. Schlimm genug, wenn sie sein Foto in der Zeitung sah. Sie würde zwar nichts auf die Gerüchte geben. Nicht Helin. Sie würde an ihn glauben, egal, was war. Aber allein der Verdacht würde sie ins Herz treffen.

36

Heute flog er schon besser, flüssiger wirkte der Flügelschlag, und auch die Landung gelang wie von der Natur abgeschaut. Freya Wälsungen nickte anerkennend. Damit würde sie Furore machen. Die Fronten waren hart. Taubenfans und Taubengegner unter den Wagnerianern standen sich unversöhnlich gegenüber, an dem Streit konnte eine Aufführung scheitern, mit dem Storch aber war die perfekte Synthese gefunden. Dass die Idee nicht von ihr, sondern von ihrem Bühnenbildner stammte – geschenkt! Wofür hatte sie Karl-Dieter schließlich engagiert?

Sie wollte sich gerade wieder erheben, als im hinteren Bereich des Zuschauerraums Unruhe entstand. Der Pförtner rief etwas von »Das geht jetzt nicht« und »Da können Sie jetzt nicht rein«, was aber die beiden Fremden nicht zu beeindrucken schien. Freya Wälsungen atmete tief durch. Dabei hatten sie doch extra ein fettes Schild an den Eingang gehängt: »Probe! Bitte nicht stören!« Das durfte doch nicht wahr sein! Den Kerlen würde sie es zeigen. Sie wollte gerade loslegen, als die beiden Männer direkt auf sie zusteuerten.

»Frau Wälsungen?«

»Steht vor Ihnen, darf ich fragen …«

»Polizei, Kripo Nürnberg. Jürgen Holzer mein Name, Uli Egloffsteiner, mein Kollege. Wir kommen wegen einer ihrer Mitarbeiterinnen, Helin Uzun.«

»Wegen Helin?«, fragte die Regisseurin verblüfft. »Was wollen Sie von ihr?«

»Wo ist sie denn? Wir müssen dringend mit ihr sprechen.«

»Ich wünschte, sie wäre hier. Dann wäre der Storch gestern schon korrekt geflogen.«

»Wovon sprechen Sie, bitte?«

»Helin hat hingeschmissen. Sie musste ganz plötzlich verreisen.«

»Wann war das?«

»Montagmorgen lag ein Zettel in meinem Fach. Sie müsse dringend weg, Familienangelegenheit.«

»Keine persönliche Erklärung? Kein Anruf?«

»Nichts! Unmögliche Art, ehrlich gesagt. Ich hab natürlich versucht, sie zu erreichen: Not available at present!«

»Und irgendein anderer?«, fragte der Kommissar. »Weiß vielleicht einer ihrer Kollegen was?«

Da trat mit blassem Gesicht Karl-Dieter hinter der Kulisse hervor. Er hatte alles mit angehört. »Was ist mit Helin?«

»Wir suchen den Freund der Dame.«

Mit diesen Worten zog Kommissar Holzer das Fahndungsfoto aus der Tasche.

»Um Gottes willen!« Karl-Dieter wurde noch bleicher.

37

»Holzer? Kollege aus Nürnberg, alter Kämpe, dürstet nach der Pensionierung. Was ist mit ihm?«, fragte Mütze, ohne den Blick von der Speisekarte zu wenden. Die beiden Freunde saßen in der *Thalermühle*, dem schattigen Biergarten am Regnitzufer. Statt Mehl zu mahlen, wurde in der Mühle nun elektrischer Strom geerntet, durch eine große Scheibe konnte man in ihr Innenleben schauen. Der gestaute Flussabschnitt, der eine Insel umfloss, war auch das Eldorado der Erlanger Kanuten. Mit ihren schmalen Booten fuhren sie durch hängende Stangen, selbst ein Tor mit Netz hing in der Luft für irgendwelche Wasserspiele. Karl-Dieter war immer noch schwindelig, er brauchte jetzt dringend ein Bier. Der gesuchte Mörder vom Flughafen, der brutale Messerstecher, sollte Helins Freund sein? Karl-Dieter erinnerte sich, dass sie ihren Freund Tim mal kurz erwähnt hatte. Ihre Augen hatten dabei einen solchen Glanz bekommen, dass es Karl-Dieter warm ums Herz geworden war. Ihn rührte jede Liebesgeschichte, ob bei Homos oder Heteros, ganz egal. Die Liebe war unteilbar und im Grunde immer dieselbe, in welchen Kleidern sie auch daherkam. Und nun das. Ob das der Grund für Helins überstürzte Abreise gewesen war?

»Kann gut sein«, sagte Mütze. »Möchtest du mit einem Kriminellen zusammenleben?«

Er tat weiter desinteressiert. Schließlich war er für den Fall nicht zuständig, was ihn wurmte. Der Kellner brachte die Bierkrüge, und Karl-Dieter nahm einen tiefen Schluck. So könnte es gewesen sein. Als Helin von dem Mord gehört hatte, war mit einem Schlag ihr ganzes bisheriges Leben zusammengebrochen. Sie hatte nur noch weggewollt. Vielleicht war ihr in dem Moment nur das kurdische Heimatdorf ihrer Familie eingefallen, wo sie als Kind bei den Großeltern so glückliche Sommerferien verbracht hatte, wo sie mit den anderen Dorfkindern Spielzeug aus Müll gebastelt, in einem dreckigen Tümpel gebadet und sich dennoch die schönsten Erinnerungen bewahrt hatte. Und das Handy hatte sie ausgemacht, um auf keinen Fall noch irgendwas von ihrem Freund zu hören – und auch von keinem anderen. Konnte man ja verstehen, nach diesem Schock.

»Das erklärt auch die Sache mit dem Zettel«, sagte Mütze und drehte seinen Bierkrug so, dass er das Etikett lesen konnte, »*Dringende Familiensache!* Sie wollte und konnte mit keinem mehr ein Wort sprechen.«

»Die Ärmste«, seufzte Karl-Dieter, »was hätte sie auch sagen sollen? Verehrte Frau Wälsungen, ich hab gerade gehört, mein Freund ist ein Mörder, da ist mir die Lust auf *Parsifal* vergangen, das werden Sie sicher verstehen.«

»Auf der anderen Seite ... eine Sache ist mir noch unklar«, sagte Mütze.

»Und die wäre?« Karl-Dieter beobachtete ihn genau. Immer wenn sich das Lid an Mützes rechtem Auge leicht senkte, arbeitete es in ihm.

»Wie hat sie's erfahren? Das Fahndungsfoto ist doch erst seit heute in den Medien.«

»Er wird es ihr gestanden haben.«

»Könnte sein«, sagte Mütze und setzte erneut den Krug an, während ihm Karl-Dieter unauffällig ein welkes Blatt von der Schulter zupfte. Die arme Helin. Wie konnte das Leben so grausam sein?

38

Sie hat es begraben, das tote Vögelchen. Auf die Art, wie die alten Israeliten ihre Toten begruben. Sie hat es in eine der hinteren Ecken der Höhle gelegt und mit kleinen Steinen zugedeckt. Helin glaubt, dass es das Männchen war. Vogelmännchen sind doch etwas kleiner als ihre Weibchen, oder?

Einmal hat sie eine kleine Skizze über zwei Vögel geschrieben, im letzten Jahr, bei dem Seminar am Berliner Tiergarten, in dem so regnerischen, dem so wunderbaren Herbst. Tim hatte ihnen am zweiten Tag die scheinbar simple Aufgabe gestellt zu beschreiben, was sie sehen, wenn sie aus dem Fenster blicken, dafür hätten sie fünf Minuten Zeit. Anschließend hatten sie die Texte laut vortragen müssen. Es war verblüffend, wie unterschiedlich die Beobachtungen ausfielen. Helin hatte auf einem Ast ein Taubenpärchen entdeckt. Die eine Taube pickte der anderen ständig ins Genick, die andere ließ sich das gefallen und war lediglich ein wenig ausgewichen, in kleinen Schritten den Ast entlang. Von den anderen Nachwuchsjournalisten hatten nur drei die Tauben überhaupt erwähnt. Jeder lege seinen Fokus auf ein anderes Detail, hatte Tim ihnen erklärt. Es gebe keine objektive Berichterstattung, aber es gebe die Pluralität der Sichtweisen. Diese zu bewahren, dafür zu kämpfen, darin bestehe der Sinn der Pressefreiheit. Nur so könne sich ein Leser sein individuelles Bild formen und sich aus dem Vielklang der Perspektiven und Standpunkte die eigene Meinung bilden. Abends in seinem kleinen Kreuzberger Hotelzimmer hatte er ihr dann wiederholt sanft in den Nacken gebissen, lachend hatte sie mit dem Kissen nach ihm geschlagen.

Besonders lebhaft war es an einem der folgenden Seminartage zugegangen. Er wolle ein Experiment mit ihnen durchführen, sagte Tim, der sich bemühte, Helin nicht anders als allen anderen Seminaristen zu begegnen, was ihm nur schwer gelang. Eigentlich sei es nicht er, der das Experiment anstelle, eigentlich seien sie es selbst. Denn sie würden nun heraustreten aus der Rolle des Reporters und Kommentators, sie sollten vielmehr die Situation, über die es später zu schreiben gelte, selbst erzeugen. Das Experiment nenne sich »White-Paper-Test«. Er werde jeden von ihnen auf eine imaginäre Reise schicken, auf den Flug in eine Hauptstadt dieser Welt. Dort angekommen, bestehe die Aufgabe darin, einen repräsentativen Platz aufzusuchen, am besten in der Nähe des Regierungssitzes, sich in die Mitte des Platzes zu stellen und stumm einen weißen Bogen Papier in die Luft halten, eine Minute lang ein einfaches DIN-A4-Blatt mit gestreckten Armen über dem Kopf. Ob der Versuchsaufbau klar sei? Daraufhin ging Tim durch die Reihen, mit seiner Schirmmütze als Lostopf, und ließ jeden einen Zettel ziehen. Sie hätten eine Viertelstunde Zeit, um zu beschreiben, was passiert. Mit spürbarer Spannung entfalteten alle ihren Zettel, dem ein oder anderen entfuhr dabei ein Lachen, manchem auch ein leises Stöhnen. Helin hingegen zuckte mit den Schultern. »Kopenhagen« stand auf ihrem Zettel. Sie schloss die Augen und versuchte sich vorzustellen, wie sie auf dem Platz vor dem Parlament stand, lauter Touristengruppen um sie herum. Was würde geschehen, wenn sie das Blatt in die Luft hielt? Vermutlich nichts. Man würde sie vielleicht für eine Reiseführerin halten, die ihre Gruppe herbeilotsen wollte. Ob jemand sie ansprach? Einer der Polizisten? Kaum anzunehmen. Ein weißer Zettel, na und? Wie anders wäre die Situation, wenn sie Ankara gezogen hätte. Kaum hätte sie den Zettel über den Kopf gehoben, würden sich schon die Sicherheitsleute auf sie stürzen, da konnte sie Gift drauf nehmen. Im besten Fall würde man sie des Platzes verweisen, noch wahrscheinlicher aber war, dass man sie abführte und verhörte, dass man in der Aktion einen stummen, unerlaubten Protest sah. Schade, dass sie nicht Ankara gezogen hatte!

Der Vortrag der entstandenen Texte führte zu den lebhaftesten Diskussionen. Es gab eine klare Zweiteilung, Städte wie Kopenhagen, in denen nichts passierte, und Städte, in denen die Staatsmacht nervös wurde und mit voller Härte reagierte: Moskau, Teheran, Peking ... wegen eines weißen Stücks Papier! »Das ist der Lackmustest«, sagte Tim, und seine Stimme klang ungewohnt ernst. »Wir erleben in den heutigen Medien oft, wie sich die Positionen verwischen, wie man vieles relativiert, wie man Verständnis selbst für die fragwürdigsten Systeme entwickelt. Um sein Urteil zu prüfen und zu klären, sollte man sich, zumindest in Gedanken, des White-Paper-Tests bedienen. In einem Land, in dem die Herrschenden Angst vor einem weißen Stück Papier haben, stinkt es ganz gewaltig, oder wie Hamlet sagt: *Something is rotten in the State of Denmark.*«

Helin sinkt auf ihre Matratze nieder. Wenn Tim doch bei ihr wäre! Aber ist er nicht auch so in ihrer Nähe? Wie lebhaft stand gerade wieder sein Bild vor ihren Augen, sein verschmitztes Lächeln, aber auch sein plötzlicher Ernst und sein fast heilig zu nennender Zorn, wenn es um Ungerechtigkeiten ging. Und seine Stimme, die oft so leise, so warme, klang sie nicht in ihrem Ohr? Helin wickelt sich wieder eng in ihre Decke. Der Abend ist angebrochen, schnell wird es stockdunkel. Die Batterie der Taschenlampe hat längst den Geist aufgegeben.

Helin horcht auf. Da sind sie wieder, die Schritte. Sie kommen zurück. Schnell springt Helin auf, sie will ihnen Auge in Auge gegenübertreten. Im selben Augenblick wird die Eisentür geöffnet, und die Männer treten ein.

»Wo ist die Liste?«, fragt die schwarze Maske.

»Was habt ihr mir da für eine Scheißtaschenlampe gegeben?« Helin hat sich dafür entschieden, in die Offensive zu gehen. »Ich seh ja nichts, wie soll ich da schreiben?«

Die Männer schauen sich an. Dann tritt der Mann mit der schwarzen Maske einen Schritt auf Helin zu, und wieder säuselt er zuckersüß: »So, so, das kleine Lämpchen wollte nicht leuchten, na, da sind wir doch gerne behilflich.«

Mit diesen Worten richtet er den grellen Strahl seiner Lampe auf die Liste.

»Reicht die Beleuchtung? Dann wollen wir mal hübsch zu schreiben beginnen.«

Helin blickt von einem zum anderen. Was soll sie tun? Nun gibt es kein Entrinnen mehr. Tief holt sie Luft, spannt alle ihre Muskeln an, nimmt den Bleistift in die Faust und rammt ihn der schwarzen Maske mitten ins Gesicht. Sie springt an den Männern vorbei, rennt durch die Tür, den Schmerzensschrei noch in den Ohren. Sie hat einen langen, dunklen Gang erreicht, stößt an die Decke, nirgends ist ein Ausgang zu sehen. Wohin jetzt? Obwohl sich ihre Augen an die Dunkelheit gewöhnt haben, kann sie nichts erkennen. Hinter ihr hört sie unterdrückte Flüche, dann huscht der Schein der Taschenlampen über die feuchten Wände. Sie läuft einfach weiter, immer geradeaus, stößt erneut gegen einen Felsvorsprung, fällt hin, will sich wieder aufrappeln, da wird sie gepackt und zu Boden gedrückt. Dann prasseln Schläge auf sie nieder. Sie hebt ihre Hände schützend vors Gesicht, will schreien, kann aber nur dumpf stöhnen, der Mund wird ihr zugehalten. Sie wirft ihren Kopf nach vorne und beißt zu, worauf die Schläge noch härter werden. Schließlich knallt sie mit dem Hinterkopf gegen den harten Boden und verliert das Bewusstsein.

39

Am Dechsendorfer Weiher herrschte an schönen Sonntagen quirliges Leben, heute aber, an einem gewöhnlichen Wochentag, ging es sehr ruhig zu, besonders im nordöstlichen Teil, fernab der Badestellen. Tim atmete auf. Fürs Erste durfte er durchatmen. Zwar ging auch mancher Alterlanger gerne hier spazieren, vielleicht also auch ein Nachbar aus seiner Kindheit, in seinem aktuellen Outfit aber dürfte ihn keiner erkennen. In den neun Monaten, die er nun wieder in Deutschland war, hatte ihn nichts zurück nach Alterlangen gezogen. Jetzt aber schien ihm die alte Heimat der einzige Ort zu sein, an dem er sich sicher fühlen durfte. Einer wie er fiel in einer Studentenstadt nicht auf. Die Nacht auf dem Aldi-Dach sah man ihm noch an. Verlottert, wie er war, schaute er aus wie einer dieser Bummelstudenten, von denen in Erlangen so einige herumliefen. Er hatte sich auf eine der Bänke fallen lassen, die am Uferweg standen. Durch die Bäume hindurch konnte er auf der gegenüberliegenden Seite den Badestrand glitzern sehen, zwei, drei Köpfe waren im Wasser zu erkennen. Tim verspürte große Lust, sich ebenfalls in die Fluten zu werfen, aber er traute sich nicht, den Rucksack aus den Augen zu lassen.

Was für eine Farce, dieser angebliche Putsch in der Türkei! Er hatte von Anfang an nicht an eine Revolte gegen den Sultan geglaubt, schon damals nicht, in der Nacht, als alles begann und die ersten Sender anfingen zu berichten, am 15. Juli 2016. Auch als man die Bilder von der besetzten Bosporus-Brücke in Istanbul zu sehen bekam, ja sogar als das Gerücht umging, der Präsident würde sich ins Ausland absetzen, hatte er nichts davon geglaubt. Obwohl er liebend gerne daran geglaubt hätte, wie fast alle in der Redaktion!

Ein Putsch der Armee sei das, vorbereitet und durchgeführt von Anhängern Gülens, des großen Gegenspielers des Sultans, das war die offizielle Version. Früher waren die beiden mal Freunde gewesen, enge Wegbegleiter sogar, der Sultan und der Prediger. Dann aber hatten sie sich zerstritten und befehdeten sich seitdem, wo sie konnten. Gülen lebte seit Langem in den USA, in einem festungsartig ausgebauten Haus, und versuchte, weiterhin Einfluss zu nehmen. Der Sultan aber saß am längeren Hebel, und Gülen drohten die Felle davonzuschwimmen. Das mit dem Putsch hätte also stimmen können, und der Sultan hatte darauf gesetzt, dass man ihm die Version abnahm. Raffiniert und verschlagen hatte er zu einem Mittel gegriffen, das bei Diktatoren aller Zeiten beliebt war und ist: Er hatte einen Aufstand gegen sich selbst inszeniert, um einer tatsächlichen Revolte zuvorzukommen. Damit konnte er sich zum Opfer stilisieren und zugleich jene Härte rechtfertigen, die es brauchte, um die letzten Hindernisse zu beseitigen, die ihm auf dem Weg zum Alleinherrscher noch im Wege standen. Widerstand? Proteste? Demonstrationen auf den Straßen? Mithilfe der Notstandsgesetze konnte er machen, was er wollte. Jeder, der ihm nicht passte, verschwand im Gefängnis, ohne Anwalt, ja oft ohne Verfahren. Tausende verloren ihre Jobs, an den Universitäten, den Schulen, in der öffentlichen Verwaltung, der Polizei, den Gerichten, angeblich, weil sie Gülen-Anhänger waren. Und waren sie es nicht – umso besser! So mussten auch diejenigen, die nicht zur Gülen-Bewegung gehörten, fürchten, unvermittelt zum Gegner erklärt zu werden. So streute der Sultan geschickt die Angst, die mächtigste Verbündete eines jeden Diktators. Keiner traute keinem mehr, ein falsches Wort, und man wurde denunziert. Die Opposition? Ein zahnloser Tiger! Was brauchte es ein Parlament? Demokratie, eine Sache für Schwächlinge! Selbst in der eigenen Partei räumte der Sultan auf. Um sich für alle Zeiten die Macht zu sichern, stattete er das Amt des Präsidenten mit sämtlichen Vollmachten aus, die Notstandsgesetze würde er bald nicht mehr brauchen. »Der Staat, das bin ich!«, nach diesem Motto regierte er. Justiz, Armee, Polizei, Medien, alles hatte er gleichgeschaltet und unter seine Kontrolle gebracht, ja selbst die Zentralbank musste nach seiner Pfeife tanzen.

Tim zog den Rucksack noch enger zu sich. Eine Kleinigkeit nur, eine winzige Kleinigkeit hatte der Sultan übersehen. Jemand hatte dokumentiert, wie der angebliche Putsch tatsächlich abgelaufen war. Hatte heimlich festgehalten, dass die entscheidenden Befehle aus Marmaris kamen, von der türkischen Ägäis, wo sich der Sultan gerade aufhielt, dass der Sultan bei dieser Aktion selbst am Steuer saß, dass das alles nur ein mieses Theaterstück war. Und die Welt fiel darauf rein! Ein paar Düsenflieger, die über Istanbul und Ankara donnerten, Panzer, die medienwirksam über eine zentrale, aber unwichtige Brücke rollten, irgendwo ein paar Schüsse, in die Luft vermutlich. Und dann die längst bestellten Gegendemonstranten, einfache Menschen, die heldenhaft für ihren Sultan kämpften, sich den Panzern tapfer in den Weg stellten und dabei mit nagelneuen Türkeifähnchen wedelten. Allein dadurch hätte man das Schmierenstück entlarven können. Wie sollte man sich mitten in der Nacht ein Türkeifähnchen kaufen, um damit vor die Kameras zu laufen? Es war absurd! Doch mit dieser Beobachtung allein war kein Blumentopf zu gewinnen. Was man brauchte, das waren stichhaltige Beweise, und diese Beweise steckten in dem Koffer! Nein, so schmutzig er sich auch fühlte, Tim würde nicht in den Dechsendorfer Weiher springen. Eine Hand hatte er immer am Rucksack, er würde ihn keine Sekunde aus den Augen lassen.

Ein Arzt aus einer türkischen Kleinstadt, engagiert und beliebt bei seinen Patienten. Er findet gewisse Ähnlichkeiten zwischen dem türkischen Präsidenten und Gollum, dem in sich zerrissenen Wesen aus Der Herr der Ringe, twittert die Bilder und verteilt sie im privaten Kreis: »Verblüffend, findet ihr nicht auch?« Der Arzt wird denunziert. Prompt erfolgt die Anzeige, man stellt ihn vor Gericht. Um ein saftiges Strafmaß zu begründen, beauftragt man einen Gutachter herauszufinden, wie böse Gollum tatsächlich ist. Ein Gutachten über die Bösartigkeit des türkischen Präsidenten allerdings wird nicht eingeholt.

O sink hernieder,

Nacht der Liebe,

gib Vergessen

Tristan und Isolde, 2. Aufzug, 2. Szene

DONNERSTAG

40

Karl-Dieter brauchte einen Moment, um wach zu werden. Was war das? Warum stieß ihm Mütze in die Rippen? Es musste doch noch mitten in der Nacht sein!

»Dein Handy! Könntest du ihm bitte mitteilen, dass ich schlafen möchte?«

Erschrocken fuhr Karl-Dieter auf. Tatsächlich! Wie hatte er das Klingeln überhören können? Hektisch fingerte er nach dem Gerät. Wer nur rief ihn zu dieser Stunde an? Das konnte nichts Gutes bedeuten.

Heiser brummte er: »Ja?«

»Sind Sie Karl-Dieter?«, hörte er eine Frauenstimme sagen.

»Ja, der bin ich! Wer spricht denn da?«

»Ich bin's, Brigitte Trautner. Ich hab Ihre Telefonnummer von einem Zettel.«

»Das muss ein Irrtum sein, liebe Frau Trautner, ich schreibe meine Nummer nicht auf Zettel.«

»Nein, nein«, klang es beschwichtigend in der Leitung. »Kennen Sie eine Helin?«

Nun war Karl-Dieter endgültig wach und schaltete den Lautsprecher an. Das durfte Mütze nicht verpassen!

»Natürlich kenne ich Helin! Was ist mit ihr?«

»Der Zettel, er ist von ihr.«

41

Keine Stunde später brauste ein Manta durch das nächtliche Wiesenttal, mitten hinein in das Herz der Fränkischen Schweiz. Alles schlief noch, die wenigen Ortschaften wirkten wie ausgestorben. Durch Ebermannstadt und Streitberg ging die Fahrt, müde leuchtete die Ruine Neideck im Licht des tiefstehenden Mondes. Dann war Muggendorf erreicht, Mütze trat auf die Bremse. Dem Navi folgend ging es durch enge Gassen, am Marktplatz vorbei zu einer Stichstraße, die sich steil den Hang hinaufwand. Sie hielten vor einem Fachwerkhaus, das von einem Bauerngarten umgeben war, und stiegen aus. Die Luft war von Blütenduft geschwängert. Konnte es sein, dass manche Blumen erst nachts zu duften begannen? Aus den kleinen Fenstern im Erdgeschoss drang ein fahler Lichtschein. Mütze leuchtete nach dem Klingelschild und läutete. Eine Frau um die siebzig öffnete ihnen. Sie stellte sich den Freunden als Brigitte Trautner vor. Offensichtlich lebte sie allein in ihrem Haus, sie machte einen liebenswürdigen, aber etwas versponnenen Eindruck. Gemeinsam traten sie in die Bauernstube. An den Wänden hingen überall Käfige, in denen sich Kleintiere tummelten. Ein Hamster lief in seinem Rad, Meerschweinchen knabberten an ihren Stangen, Wellensittiche zwitscherten fröhlich durcheinander, und ein Papagei wippte hektisch mit dem Kopf und protestierte gegen die nächtliche Störung. Am Fuße des Kachelofens lagen in schöner Eintracht eine Katze und ein Hund, der aussah wie eine Kreuzung zwischen Dackel und Chow-Chow. Brigitte beugte sich zu ihm hinunter und kraulte ihm sanft die Ohren. Sie habe mit Waldemar noch die übliche Nachtrunde am Wiesentufer entlang gemacht, die Schleife um Muggendorf herum Richtung Pottenstein, als ihr ein armes Vögelchen aufgefallen sei, das verzweifelt tschilpte. Es habe am Ast eines Uferbaumes gezappelt und sich nicht mehr befreien können. So etwas habe sie noch nicht erlebt: Mit dem einen Beinchen hatte es sich offenbar in einem Zweig verfangen und nicht mehr befreien können. Sie habe Waldemar daraufhin an eine Laterne gebunden und sich nach dem Vögelchen gestreckt, zum Glück sei der Zweig nicht sehr hoch gewesen. Erst als sie ihre Brille aufsetzte, habe sie im Laternenlicht erkannt, warum sich das Vögelchen verfangen hatte. An seinem Bein habe ein dünner Faden geglänzt.

»Und am Ende des Fadens hing dieses Zettelchen«, sagte sie und legte den Zettel, der sich gleich wieder zusammenrollte, auf den Tisch.

Karl-Dieter entrollte ihn und las vor, was darauf stand, wobei er einige Mühe hatte, denn die Schrift war zwar sorgfältig, aber unglaublich winzig.

»Lieber Finder! Ich bin Helin. Zwei Männer, die türkisch sprechen, haben mich in eine verlassene Höhle mit eingemauerter Tür gesperrt. An einer Felswand steht *Bau3*.«

»*Bau3*. Was soll das sein?«, fragte Karl-Dieter und hielt Mütze den Zettel hin.

»Keine Ahnung, das finden wir raus«, sagte Mütze gespannt. »Lies weiter!«

»Man hört eine Glocke, sehr fern. Ein Vogel, der hier nistet, hat diesen Zettel aus meinem Gefängnis geflogen, an einem dünnen Faden. Bitte rufen Sie nicht die Polizei, bitte rufen sie Karl-Dieter an.« Dann folgte Karl-Dieters Handynummer.

»Okay, danke«, sagte Mütze zu Brigitte, die ihn fragend ansah. »Wir kümmern uns drum. Und bis auf Weiteres bitte zu niemandem ein Sterbenswörtchen, hören Sie?«

Brigitte Trautner sah ihn groß an und nickte. Ihr Hund Waldemar fing leise an zu winseln.

42

Sie waren noch lange wach. Mütze hatte den Vorratsschrank geplündert. Erdnüsse futternd und ein Bier nach dem anderen trinkend saß er im Wohnzimmersessel, während Karl-Dieter auf und ab lief.

»Jetzt setz dich doch bitte, Knuffi, dein Herumgerenne macht mich ganz rappelig.«

»Du darfst auf keinen Fall deine Kollegen informieren, Mütze, das hat Helin ausdrücklich nicht gewollt. Warum hat sie wohl meine Handynummer notiert?«

»Sie weiß doch, dass ich ein Bulle bin, oder?«

»Schon. Deswegen traut sie uns ja zu, dass wir sie finden.«

»Du spinnst«, sagte Mütze und warf sich eine Ladung Erdnüsse in den Mund. »Weißt du, was du da verlangst? Mann! Ich bin meinen Job los, wenn ich auf eigene Faust ermittle. Die zuständigen Ermittler aus Nürnberg hast du doch in Bayreuth selbst kennengelernt. Ich werde jetzt hübsch mein Handy nehmen und sie anrufen!«

»Nein, nein, nein!« Karl-Dieter bekam einen verzweifelten Gesichtsausdruck. »Was glaubst du, wer dahintersteckt? Die Entführer sind bestimmt Profis! Helin ist schon jetzt in größter Gefahr.«

»Ah so«, sagte Mütze mampfend, »wir beide finden das Versteck also mittels deiner telepathischen Fähigkeiten und spazieren dann mir nichts, dir nichts in die Höhle und geleiten das Entführungsopfer am Arm hinaus. So stellst du dir das also vor.«

»Ich weiß schon, es wird nicht leicht, aber wir können es doch wenigstens versuchen. Schau mal, so ein Vögelchen fliegt doch bestimmt nicht ewig weit, besonders, wenn es Junge zu versorgen hat.«

»Junge?«

»Na, was glaubst du, was ›nisten‹ bedeutet? Fest steht: Helin muss in der Nähe von Muggendorf gefangen gehalten werden. Wie viele solcher Höhlen können dort schon sein? Es muss doch jemanden geben, der sich damit auskennt.«

Mütze griff noch mal nach dem Zettelchen und betrachtete das Kürzel von der Felswand. *Bau3*. Wofür könnte das stehen? Sein Jagdtrieb war erwacht. Aber was war das Motiv für die Entführung? Was wollten zwei Türken von einer kleinen Praktikantin, die Störche fürs Theater bastelte? Oder war sie gar nicht so harmlos, wie sie tat? Karl-Dieter hatte erzählt, sie sei Kurdin. War sie in die Machenschaften der PKK, der kurdischen Terrororganisation, verstrickt? War das Praktikum in Bayreuth nur Tarnung? Und was war mit ihrem Freund? Wenn die Zeitungen recht hatten und die Vermutungen der Nürnberger Kollegen korrekt wiedergaben, hatte der Mord vom Flughafen mit organisierter Kriminalität zu tun. Nun jedoch erschien alles in einem ganz anderen Licht. Denn dass die beiden Verbrechen miteinander zusammenhingen, war klar wie Kloßbrühe. Angenommen, diese Helin war in ein Verbrechen involviert, in irgendeine illegale Aktion einer Kurdenorganisation, und es war tatsächlich der türkische Geheimdienst, der sie entführt hatte, wie hing dann ihr Freund in dieser dubiosen Sache mit drin? War auch er kurdischer Abstammung? Oder sympathisierte er mit den Kurden? Eine Tat aus Liebe? Und was war in dem Koffer? Womöglich doch Rauschgift? Finanzierte sich die PKK mit solchen Deals? Die drängendste Frage aber war: Wo lag das Versteck, in dem man Helin gefangen hielt? Karl-Dieter hatte wahrscheinlich recht. Es konnte nicht weit weg sein.

43

Es war weit nach Mitternacht, und er war todmüde. Wo konnte er schlafen, wo war er sicher genug? Darüber hatte er sich das Gehirn zermartert. Keiner seiner Freunde oder Bekannten kam infrage, und über ein Hotel brauchte er gar nicht nachzudenken. Jeder Portier würde sein Gesicht erkennen. Er hatte zwar mal davon gehört, dass es neue Billighotels gebe, bei denen man ohne Portier einchecken konnte. Aber bestimmt ging das nur mit Kreditkarte, und die durfte er wiederum nicht einsetzen. Er zog sein Portemonnaie hervor. Nur noch knapp achtzig Euro Bares. Nicht mal zu einem Geldautomaten konnte er sich trauen, außerdem hatte man seine Karten sicher schon sperren lassen. Nicht einmal eine der alteingesessenen Landpensionen, in Hessdorf etwa oder in Dannberg, wo man noch mit Bargeld zahlen konnte, kam also infrage. Sich eine weitere Nacht im Freien um die Ohren zu schlagen, war genauso gefährlich. Wenn er sich auf eine Parkbank legte, konnte er leicht kontrolliert werden. Oder man beraubte ihn und stahl ihm den Rucksack mit dem Aktenkoffer. Beides hätte das Ende bedeutet.

Am Dechsendorfer Weiher war es still geworden. Tim hatte die Sonnenbrille abgenommen, damit hätte er sich noch verdächtiger gemacht. Selbst im etwas verrückten Erlangen trug nachts niemand eine Sonnenbrille, es sei denn, er ging einem zwielichtigen Gewerbe nach. In diesem Moment kam Tim eine Idee, wo er vielleicht unterschlüpfen konnte, keine wirklich optimale Alternative, aber immer noch besser, als erneut eine Nacht draußen zu verbringen. Er stand auf und machte sich auf den Weg. Zu Fuß natürlich. Wieder wählte er die Strecke durch die Mönau, durch das ausgedehnte Waldgebiet, passierte die Fußgängerbrücke über den Europakanal, lief durch Alterlangen und weiter in die Regnitzauen hinein, um durch den Gerbereitunnel in die Erlanger Innenstadt zu gelangen. Fünf Minuten später stand er in der Schlange vor der *Bombe*.

Der Kultclub mit seinen wummernden elektronischen Beats war nun wirklich nicht als Schlafquartier bekannt, keiner der Feiernden würde jedoch Anstoß daran nehmen, wenn jemand in einer dunklen Ecke schnarchte. Die Kunst bestand nur darin, den Rucksack hineinzuschmuggeln, aber auch dazu hatte sich Tim einen Plan zurechtgelegt. Es gab da einen versteckten Lichtschacht beim Toilettenfenster.

Zwei junge Amerikaner, die hinter ihm anstanden, beide nicht mehr ganz nüchtern, fragten ihn, ob er etwas zu rauchen habe. Tim schüttelte den Kopf, nahm den Gesprächsfaden aber gerne auf und erzählte ein paar Banalitäten über Erlangen, Nürnberg und das Frankenland. Was man Touristen eben so erzählt. Nicht, dass es ihn danach gedrängt hätte, sich zu unterhalten, doch es machte ihn unverdächtiger, da ihn die Polizei nicht unbedingt in Gesellschaft vermuten würde. Auch gefiel ihm die lockere Art der beiden US-Boys, von denen nicht anzunehmen war, dass sie die *Bild*-Zeitung lasen. Viele Amerikaner hatten diese angenehm unaufgeregte Art, so herrlich normal. Zwar mochten sie vielleicht etwas oberflächlich sein, aber gegen etwas Oberflächlichkeit hatte Tim im Moment nichts einzuwenden. Es amüsierte ihn, dass die beiden in der Metropolregion alles »great« fanden, das Bier natürlich, aber selbst das Reichsparteitagsgelände mit der Zeppelintribüne war in ihren Augen »einfach great«! Am besten gefielen ihnen natürlich die Partys überall, all die abgefahrenen Clubs und Locations. Wie langweilig sei New York dagegen!

»Prost, Erlangen!«, rief der eine (er sagte »Örlangen«) und zog drei Fläschchen Jägermeister hervor. Auch Tim boten sie eines an, doch der lehnte dankend ab, er musste sehen, dass er einen klaren Kopf behielt. Die Schlange war lang, es ging nur im Schneckentempo voran. Eine Gruppe junger Mädchen stand vor ihnen und lachte, die eine hatte langes, kastanienbraunes Haar. Tims Blick trübte sich. Was Helin wohl gerade machte? Ob sie sich vielleicht in der Zwischenzeit gerührt hatte? Vielleicht hatte sie ihm eine Nachricht aufs Handy geschickt. Der Gedanke ließ Tim nicht mehr los. Er spürte, wie sehr er sie brauchte, wie er sich nach ihr sehnte – und warum. Auf wen konnte man sich in der Welt denn noch verlassen? Bei Helin war er sich hundertprozentig sicher. Weil er sie liebte und ihr vertraute. Natürlich stritten sie manchmal auch, manchmal nannte sie ihn sogar einen arroganten Schnösel, scherzhaft natürlich, etwa, wenn er darum bat, sein Ei im Glas serviert zu bekommen, oder wegen seiner Marotte, gerne mal neue Schuhe auszuprobieren, auch wenn er keine brauchte. Beim letzten

Mal war er vor der jungen Verkäuferin herumstolziert wie ein Pfau, aber eigentlich nur, um Helin zu necken. Als sie aus dem Laden raus waren, hatte sie ihn mit ihrer kleinen Faust in den Oberarm geboxt, und er hatte ihr versprechen müssen, so etwas nie wieder zu tun, nicht, wenn sie dabei war. Dann mussten sie beide lachen.

Ob er den Akku nicht doch noch mal ins Smartphone schieben sollte? Nur ganz kurz, für einen kleinen Augenblick. Natürlich nicht hier vor der *Bombe*, so blöd war er nicht; wenn, dann ein gutes Stück entfernt. Wenn er in der kurzen Zeit, in der er im Netz war, genau in die entgegengesetzte Richtung lief, könnte er seine Verfolger sogar auf eine falsche Fährte locken. Von der *Bombe* war es nicht weit zur Nürnberger Straße. Ob er dort den Akku einsetzen und mit eingeschaltetem Handy stadtauswärts gehen sollte? Richtung Süden, Richtung Nürnberg? Die beiden Amerikaner waren sofort bereit, ihm seinen Platz in der Schlange zu sichern, als er sie darum bat. »Aber bring ein bisschen Gras mit, hörst du?«, riefen sie ihm lachend hinterher.

Eine Viertelstunde später ging Tim die hell erleuchtete Nürnberger Straße entlang. Ein Auto nach dem anderen rauschte an ihm vorbei. Hoffentlich war kein Polizeiwagen darunter. Tim bewegte sich möglichst weit von der Fahrbahn entfernt auf einem Grünstreifen, während er zugleich versuchte, den Akku in sein Handy zu schieben. Er war etwas zittrig, ob das am Schlafmangel lag oder am Unterzucker? Endlich hatte er es geschafft, er gab seine PIN ein, und das Display leuchtete auf. Er beschleunigte seine Schritte, während er auf dem Bildschirm herumwischte. Da! Tatsächlich! Eine Nachricht von Helin, vom Abend, abgeschickt um 21.33 Uhr: »Komm morgen früh um 6 zu McDonald's in Büchenbach. Es ist sehr dringend!«

Auch Mütze und Karl-Dieter waren immer noch wach. Beide surften im Netz. Mütze hatte sich eine weitere Packung Erdnüsse aufgemacht, »Nervennahrung« nannte er das. Das Kürzel auf der Felswand gab ihnen Rätsel auf. *Bau3* – wofür stand das? Sie hatten aber etwas gefunden, das ihnen vielleicht weiterhelfen konnte. Es gab da einen Verein von Höhlenforschern, keine Uni-Wissenschaftler, sondern interessierte Laien. Der Vorsitzende war ein Günther Kaasmann, wohnhaft in Uttenreuth, einem Vorort von Erlangen, jedenfalls war diese Adresse im Impressum der Webseite des Vereins aufgeführt, und eine Überprüfung beim *Örtlichen* hatte den Namen und die Anschrift bestätigt. Vor sechs Uhr durften sie dort nicht aufkreuzen, aber viel länger wollten sie auch nicht warten. Mütze gähnte und sah auf die Uhr. Drei Stunden Schlaf waren noch möglich. Karl-Dieter aber war hellwach und recherchierte weiter. Hunderte von Höhlenbildern hatte er schon gesichtet, unvorstellbar, wie zerklüftet die Fränkische Schweiz war! Fotos von Tropfsteingebilden, von Knochenresten, Höhlenbäreneckzähnen, ja, selbst Durchgangshöhlen gab es, durch die Wanderwege verliefen. Was Karl-Dieter nicht fand, war eine Felswand mit dem Kürzel *Bau3*. Danach konnte man vermutlich ewig suchen. Ewig aber hatten sie nicht Zeit. Genauer gesagt: nur 24 Stunden. Mütze hatte sich auf einen Kompromiss eingelassen. 24 Stunden würden sie es im Alleingang versuchen, spätestens dann wollte er die Kollegen informieren. Auch damit würde er sich vermutlich schon genügend Schwierigkeiten einhandeln.

»Komm ins Bett, Knuffi«, gähnte Mütze. »Morgen gehen wir als Erstes zum Oberhöhlenforscher, versprochen.«

Verwirrt stand Tim am Rand der Nürnberger Straße, dann drehte er sich um und ging langsam Richtung *Bombe* zurück. Er hatte sogleich versucht, Helin anzurufen, Handyortung hin oder her. Doch ihr Handy war tot. Jetzt hätte er sich dafür ohrfeigen können. Da war doch was faul! Das war doch eine Falle! Wie mies war das! Man versuchte es über Helin, missbrauchte sie als Lockvogel. Um dann die Handschellen klicken zu lassen. Arbeitete die Polizei nun mit solchen Tricks? Oder steckte gar nicht die Polizei dahinter? Waren das am Ende die anderen, die Schweine vom MIT? Wie aber war es ihnen gelungen, an Helins Handy zu gelangen? Oder konnte man auch Nachrichten versenden, die nur so aussahen, als kämen sie von einem speziellen Handy? Heutzutage war alles möglich. Wie konnte er überhaupt darauf reinfallen? Warum hatte er die Fälschung nicht gleich erkannt? Warum hatte er versucht zurückzurufen? Dadurch war eine Ortung deutlich leichter möglich, hieß es. Helin und er hatten doch genau vereinbart, woran sie erkennen konnten, dass der Text tatsächlich von einem von ihnen stammte. Jede noch so kleine Mitteilung musste genau drei Kommata enthalten, keines mehr, aber auch keines weniger, egal, ob richtig oder falsch gesetzt, immer genau drei Kommata, ein elektronisches Wasserzeichen sozusagen. Sonst war der Text ein Fake. So hatte er es vor Wochen mit Helin vereinbart, damals, als er gefragt worden war, ob er sich zutraue, das Material zu veröffentlichen. Helin hatte die seltsame Regelung sofort akzeptiert. Ohne die kleinste Rückfrage, was er ihr hoch angerechnet hatte. Sie ahnte, unter welchem Druck er als Redakteur stand, der für oppositionelle türkische Zeitungen schrieb. Er hatte sie nie in die Sache reinziehen wollen, gerade darum waren gewisse Vorsichtsmaßnahmen notwendig geworden, zu der auch die Kommaregel gehörte. Und nun hatte er selbst versagt. Helins WhatsApp-Nachricht hatte kein einziges Komma enthalten. Eines war sicher: Er würde morgen auf keinen Fall zu dieser McDonald's-Filiale gehen.

46

Die Amerikaner begrüßten ihn mit einem lauten Hallo, sie standen noch fast am selben Platz, die Schlange vor ihnen war nur unwesentlich kürzer geworden. Tim verspürte große Lust, sich zu verabschieden. Seine Müdigkeit war wie verflogen. Was sollte er jetzt noch in diesem Club? Er würde ohnehin kein Auge zutun. Andererseits, ziellos durch das nächtliche Erlangen zu laufen, war das eine Alternative? Wild wirbelten ihm die Gedanken durch den Kopf, höchst unkonzentriert beteiligte er sich nur noch am Gespräch. Wie er es auch drehte und wendete, ein letzter Zweifel blieb. Wenn die Nachricht nun doch von Helin stammte? Wenn sie in der Aufregung die vereinbarte Kommaregel vergessen hatte? Was, wenn sie das Fahndungsfoto in der Zeitung gesehen hatte? Oder jemand hatte sie darauf aufmerksam gemacht, vielleicht sogar die Polizei, und die Angst hatte sie gepackt? Auch das war ja keineswegs auszuschließen. Die Polizei konnte mittlerweile seinen Namen herausgefunden haben, was lag da näher, als Helin zu vernehmen? Völlig durcheinander hatte sie ihm dann in ihrer Panik die WhatsApp geschrieben. Was, wenn es sich so verhielt und er nicht zum Treffpunkt kam?

Tim nahm nun doch ein Fläschchen Jägermeister und trank es in einem Zug aus. Was sollte er tun? Was war richtig? Im selben Moment merkte er, wie Unruhe um ihn herum entstand. Er sah sich um. Zwei Polizeibeamte standen am Ende der Schlange und kontrollierten die Personalien. Verdammt! Konfus, wie er war, hatte er vergessen, sein Handy auszuschalten. Hatten sie ihn geortet? Rasch ließ er den Akku herausgleiten. Sollte er weglaufen? Dafür war es nun schon zu spät.

»What do you mean?«, lachte Joe. So hieß der eine, wie Tim inzwischen mitbekommen hatte.

»Your passports, please«, wiederholte der Beamte auf Englisch.

»Passports? Oh sorry, our passports are in our hotel room.«

»Yes«, lallte Tim und legte seine Arme um die Schultern der beiden Amerikaner, »our passports are in our hotel room. Do you want a Jagermeister?«

Kopfschüttelnd gingen die Beamten weiter, um die nächsten Wartenden zu kontrollieren. Kam denn die ganze Welt nach Deutschland, um sich zu besaufen? Tim öffnete das zweite Fläschchen und prostete seinen neuen Freunden zu. Was für ein Glück! Man hatte ihn nicht erkannt. Gab's denn das? Nur gut, dass ihn die Amerikaner nicht verpfiffen hatten.

»Cheers!«, rief Joe, dann stießen sie lachend an und schütteten den Jägermeister hinunter.

Mitleid macht wissend ohne Schuld.

Richard Wagner

FREITAG

47

Für einen Moment leuchtete der Himmel auf und goss sein Rot über die noch schlafende Stadt. Dann verschwand die Sonne hinter einer dichten Wolkendecke, und nur noch ein fahler gelber Schein kündete vom Beginn des neuen Tages. Tim saß schon seit fünf Uhr in seinem Versteck. In der *Bombe* hätte er es ohnehin nicht länger ausgehalten. Wer konnte an dieser Art von Musik ernsthaft Gefallen finden? Ununterbrochen Schläge auf das Trommelfell, grauenhaft. Immerhin, manchmal war er tatsächlich kurz eingenickt, mehr als ein Sekundenschlaf war das aber nicht gewesen. Außer dem Lärm aber hatte ihn noch etwas anderes vom Schlaf abgehalten: die Angst. Mann, war das knapp gewesen! Um ein Haar hätten sie ihn erwischt. Ein Wort von den beiden Amerikanern, und er wäre geliefert gewesen. Warum sie ihn gedeckt hatten? Er wusste es nicht. Sie kannten sich doch kaum.

Nun saß er in einem Gebüsch auf einer leichten Anhöhe, dicht am Zaun eines Gewerbegebiets, und beobachtete den Parkplatz des nahen McDonald's. Eines war klar: Wenn Helin kam, würde er sofort und ohne Bedenken zu ihr hinunterrennen. Niemals würde sie sich daran beteiligen, ihm eine Falle zu stellen. Und auch wenn er es nach wie vor für extrem unwahrscheinlich hielt, dass die Nachricht tatsächlich von ihr stammte, er hätte es nicht ausgehalten, sich nicht zu vergewissern. Der Gedanke, Helin in dieser Situation vergeblich warten zu lassen, erschien ihm unerträglich. Er hatte sich nicht getraut, sein Handy nochmals in Funktion zu nehmen. Sie konnten ihn orten, das war nun klar. Es war sicher kein Zufall gewesen, dass die Polizisten vor der *Bombe* aufgetaucht waren und die Personalien kontrolliert hatten. Unwillkürlich griff er nach dem Rucksack, den er neben sich abgestellt hatte. Gegen Mittag würde er nachschauen, ob Cem das vereinbarte Zeichen gesetzt hatte. Wenn er Glück hatte, war die Antwort schon da. Was gäbe er jetzt dafür! Nicht noch einmal so ein Tag wie gestern ...

In dem Schnellrestaurant kehrten bereits die ersten Gäste ein. Manche fuhren auch um das Gebäude herum und nutzten den Drive-in-Schalter. Tim hasste jede Art von Fast Food, jetzt aber hätte er sich liebend gerne einen heißen Kaffee und einen Donut besorgt. Zwar hatte er in der *Bombe* eine Cola getrunken und auch eine Kleinigkeit gegessen, doch etwas Koffein hätte ihm jetzt verdammt gutgetan.

Es war gegen halb sechs, als ein grauer Mazda auf den Parkplatz fuhr. Er hielt neben einem weißen Fiesta, aus dem zwei Männer im Blaumann, dem Anschein nach Handwerker, vor etwa einer Viertelstunde ausgestiegen und im Schnellrestaurant verschwunden waren. In dem Mazda saßen ebenfalls zwei Personen. Tim wartete darauf, dass die Türen aufgingen, doch nichts rührte sich. Sein Blick wanderte hinüber zum McDonald's. Hinter einer Scheibe konnte er die beiden Männer im Blaumann erkennen. Einer griff nach dem Handy und hielt es sich ans Ohr, wobei er zum Parkplatz hinüberblickte. Wenige Sekunden später griff auch der Beifahrer im Mazda zum Handy. Das Telefonat dauerte nur kurz, dann steckten beide ihr Handy wieder ein. Tim hatte genug gesehen. Vorsichtig schlich er durch das Unterholz zurück zu einem schmalen Graben, dann rannte er los.

48

Als Helin erwacht, kann sie sich kaum rühren. Man hat sie an Hand- und Fußgelenken mit Stricken gefesselt und auf ihre Matratze gelegt. Sie stöhnt. Warum schmerzt ihr Schädel so grausam?

»Ah, unser Täubchen hat ausgeschlafen«, hört sie eine Stimme flöten. Die schwarze Maske! »Da hält sie einfach ein kleines Schönheitsschläfchen, und wir müssen derweil selbst herausfinden, zu wem die Telefonnummern gehören. Wie viel Zeit hätten wir uns sparen können, wenn sie kooperiert hätte ... Aber wir haben ihrem Freund schon einen kleinen Gruß geschickt.«

Ein spöttisches Gelächter dröhnt durch die Höhle, höhnisch klingt das Echo aus dem Gewölbe.

»Einen klitzekleinen Gruß.«

»Und eine Einladung zu einem netten Rendezvous.«

Helin sieht sie mit entsetzten Augen an.

»Leider ist er nicht gekommen, mein Täubchen. Dein sauberer Freund, er scheint dich nicht mehr zu lieben.«

»Oh, oh! Er liebt dich nicht mehr, er hat eine andere.«

»Vielleicht mag er dich nicht mehr, weil du mit Bleistiften um dich stichst?«, knurrt der Mann mit der schwarzen Maske, und seine Stimme verliert für einen Moment ihre falsche Freundlichkeit. Schnell aber fängt er sich wieder und säuselt wie zuvor: »Was meinst du, Ahbap, da müssen wir wohl leider ein Tröpfchen aus unserem Fläschchen opfern?«

»Leider, leider«, sagt die graue Maske betrübt, »wo die guten Tröpfchen so teuer sind.«

Helin schüttelt den Kopf. Das meinen sie nicht ernst! Die bluffen doch nur, wollen ihr Angst einjagen. Aus den Augenwinkeln sieht sie, wie der Mann mit der schwarzen Maske etwas aus der Tasche holt. Helin erkennt es sofort. Es ist das Fläschchen, das Fläschchen, mit dem sie die Spinne getötet haben. Langsam dreht die schwarze Maske den Verschluss auf, während der andere, den er Ahbap nannte, was kein Name ist, sondern das türkische Wort für Kumpel, mit meckerndem Lachen sein Smartphone vor sich hält, so, als wollte er das Ganze filmen. Die schwarze Maske tritt dicht neben ihre Matratze und hält das geöffnete Fläschchen über sie, direkt über ihr Gesicht. Sie sieht einen Tropfen hervorquellen und langsam dicker werden, gleich wird er herunterfallen. Helin wirft den Kopf zur Seite, dann schließt sie die Augen und schreit.

49

Ein kräftiger Schauer setzte ein. Den Vögeln schien das zu gefallen, lautstark ließen sie ihr Morgenkonzert erklingen. War es ihr Gesang oder waren es die Regentropfen, die gegen die Scheibe des Fensters klatschten, die ihn weckten? Obwohl Karl-Dieter kaum geschlafen hatte und es erst kurz nach fünf war, schlug er die Augen auf. Still blieb er im Bett liegen und lauschte. Mütze hatte ihm den Rücken zugewandt, man hörte seine Atemzüge kaum. Durchs Fenster, von dem der Blick über die Karpfenweiher ging, konnte Karl-Dieter die Krone eines hohen Ahornbaums erkennen. In seinen Zweigen saß eine Amsel und sang ihr Lied. Was sich die Vögel wohl mit ihrem Gesang mitteilten? Das hätte er zu gern gewusst. Oder waren es gar keine Botschaften, war es schlicht die Freude über den neu erwachten Tag, die sie beflügelte? Plötzlich verstummte die Amsel und warf ihr Köpfchen unruhig hin und her. Dann flog sie aufgeregt schimpfend davon.

Karl-Dieter musste an den kleinen Vogel denken, der mit Helins Botschaft ans Tageslicht geflogen war. Dabei schoss ihm ein Gedanke durch den Kopf, der ihn elektrisierte. Warum hatten sie Brigitte nicht gefragt, was aus dem Vögelchen geworden war? Das mussten sie unbedingt nachholen. Ob sie schon wach war? Standen Hundebesitzer nicht immer mit dem ersten Hahnenschrei auf, um Gassi zu gehen? Hoffentlich wachte Mütze bald auf. Karl-Dieter beschloss, noch eine halbe Stunde zu warten. Nach fünf Minuten aber hielt er es nicht mehr aus. Vom Nachttisch fischte er die Wanderkarte von der Fränkischen Schweiz, auf der sie um Muggendorf herum konzentrische Bleistiftkreise gezeichnet hatten, und als sich Mütze schlafend zu ihm drehte, nutzte er die Gelegenheit, um lautstark mit dem Papier zu rascheln. Mütze blinzelte ihn gähnend an, dann wandte er sich um und sah auf sein Handy.

»Ist doch erst kurz nach fünf«, sagte er. Es klang leicht verschnupft. »Was weckst du mich denn?«

»Der Vogel«, sagte Karl-Dieter, »wir haben vergessen, Brigitte zu fragen, in welche Richtung er davongeflogen ist.«

Mütze setzte sich auf und rieb sich die Augen.

»Was meinst du damit?«

»Na, das kann doch wichtig sein. Denk an das Nest. Er muss sich ja um seine Kleinen kümmern. Was würdest du machen, wenn man dich aus einem Zweig befreit, in dem du dich verheddert hast, und deine Jungen hungrig auf dich warten?«

»Was ich machen würde, wenn meine Jungen hungrig auf mich warten? Was weiß ich, vielleicht den Pizzaservice rufen.«

»Unsinn! Du würdest natürlich zum Nest fliegen. Und wenn wir erst die Richtung wissen, in die das Vögelchen geflogen ist, dann brauchen wir nur eine Linie auf der Wanderkarte zu ziehen und alle infrage kommenden Berge markieren durch die sie verläuft, dort wird sich die Höhle befinden. Und haben wir die Höhle, haben wir Helin.«

Mütze lachte, aber sein Lachen klang etwas misstrauisch.

»Pfuschst du mir wieder ins Handwerk, Herr Szenograf?«

»Nein, natürlich nicht«, beeilte sich Karl-Dieter zu sagen, denn das war ein empfindlicher Punkt in ihrer Beziehung, »ich bin nur schon vor dir aufgewacht und hab die Vögel vor unserem Fenster zwitschern hören, da kam mir die Idee.«

»Und du glaubst, Vögel steuern immer geradewegs ihr Ziel an? Die fliegen doch bald hierhin, bald dorthin, kreuz und quer eben.«

»Aber nicht, wenn sie's eilig haben. Und glaub mir, keiner wird es eiliger gehabt haben als der arme Briefvogel. Alles in ihm drängte doch bestimmt danach, endlich wieder seine Kleinen zu sehen und ihnen etwas zu fressen zu bringen. Wer weiß, wie lange er in den Zweigen gehangen hat.«

Mütze brummte. Das war Karl-Dieter, wie er leibte und lebte. In der Psychologie der Familienfragen war er der ungekrönte Experte. Aber vielleicht hatte er ja nicht ganz unrecht, möglicherweise war etwas an seinen Überlegungen dran.

»Also gut, dann telefoniere ich mal mit unserer Tierfreundin.«

50

Es läutete und läutete. Mütze wollte schon wieder auflegen, als endlich abgehoben wurde. Brigitte freute sich sichtlich, Mützes Stimme zu hören.

»Habt ihr das arme Mädchen schon gefunden?«

»Leider nein. Wir hätten aber noch eine Frage. Das Vögelchen, also das mit dem Zettel, in welche Richtung genau ist es geflogen, nachdem Sie es befreit hatten, unten am Flussufer? Können Sie sich daran noch erinnern?«

»Aber Herr Mütze, das arme Vögelchen ist doch nicht weggeflogen.«

»Nicht weggeflogen? Wie meinen Sie das?«

»Das Vögelchen konnte doch gar nicht mehr fliegen, es war viel zu sehr geschwächt. Ich hab es mit nach Hause genommen und in einen Käfig gesetzt. Jetzt geht es ihm schon viel besser, es hat sogar schon wieder ein paar Körner gepickt. Ich will es nach dem Frühstück fliegen lassen. Soll ich mir die Richtung merken?«

»Sie haben es bei sich? Warum haben Sie uns das denn nicht gleich gesagt? Lassen Sie es um Himmels willen noch nicht frei! Wir sind so schnell wie möglich bei Ihnen!«

51

Diese verdammten Befürchtungen, diese bohrenden Zweifel! Tim wischte sich den Schweiß von der Stirn. Jetzt bekam er langsam Panik. Klar, schon Samstagnacht am Flughafen, als der Mord passiert war, als ihn Agni mit brechenden Augen angestarrt hatte, hatte er einen gewaltigen Schock bekommen, und der Schrecken hatte ihn seitdem nicht mehr losgelassen. Von einem Moment auf den anderen war er zum Gejagten geworden, zu einem Menschen, der sich nirgends mehr sicher fühlen konnte. Das hier aber war noch einmal was anderes. Angst um sich selbst zu haben, war schlimm, sich aber um einen geliebten Menschen ängstigen zu müssen, das war furchtbar. Helin! Was war mit ihr? Hatten die Schweine nicht nur ihr Handy gekapert, hatten sie Helin etwas angetan?

Ohne Cems Werkstatt aus den Augen zu lassen, drückte sich Tim in den gegenüberliegenden Hauseingang. Zu allem Überfluss hatte es auch noch angefangen zu regnen. Wenn er wenigstens eine vernünftige Jacke dabeigehabt hätte. Er war schon völlig durchgefroren. Den Rucksack behielt er sicherheitshalber auf dem Rücken. Mit müden Augen schaute er die Luitpoldstraße entlang, durch deren Pfützen die Autos fuhren. Wann würde der Postbote kommen?

Die einzige Hoffnung, an die er sich klammerte, war seltsamerweise der Gedanke, dass die WhatsApp doch von Helin gekommen war. Dass die Geheimdienstleute ihr Handy nur heimlich angezapft und die WhatsApp mitgelesen hatten. Dass sie gehofft hatten, ihn bei McDonald's zu schnappen, ohne dass Helin damit rechnete. Dass Helin doch noch zum Treffpunkt gekommen war, nur aus irgendeinem Grund verspätet, und dort nun auf ihn wartete. Und ihm vielleicht die nächste Nachricht schrieb. Ja, vielleicht setzte sie gerade jetzt ihr Handy in Gang und versuchte ihn zu erreichen, und er ging nicht ran. Ein unerträglicher Gedanke!

Wenn die Tür hinter ihm aufging und jemand das Haus verließ, tat er so, als hätte er gerade geklingelt und würde auf jemanden warten. Dabei wartete er einzig und allein auf den Postboten. Sie hatten vereinbart, dass Cem das Einhorn seiner Tochter ins Küchenfenster stellen würde, wenn die Karte eintraf. Tim wollte sich nicht mehr darauf verlassen. Das war vermutlich ungerecht, ja unfair, aber er konnte nicht anders, etwas in ihm hatte sich verändert. Er befand sich in einem Zustand, in dem er überall Gefahren witterte. Und es musste ja auch nicht Cems Schuld sein. Was, wenn Cems Frau die Karte in Empfang nahm, las und achtlos wegwarf? Oder eine der Aushilfskräfte in der Werkstatt? Dann würde er den Koffer nie aufbekommen. Nein, besser war es, den Postboten abzupassen und ihn arglos zu fragen »Ist was für Cem dabei?«, um dann mit der Karte zu verschwinden. Irgendwann musste die Post schließlich kommen.

52

Als der Tropfen aus dem Fläschchen auf ihre Wange fällt, brennt die Stelle wie Feuer. Voller Entsetzen spürt Helin, wie sich ihre Haut auflöst, wie sich die Säure in sie hineinfrisst, hört zugleich das hässliche Lachen der Männer, hört, wie das Echo in der Höhle das Lachen höhnisch nachäfft.

»Ist doch nur ein Tröpfchen Wasser gewesen, mein Täubchen«, sagt die schwarze Maske und kriegt sich nicht mehr ein.

»Ja, nur ein Tröpfchen Wasser«, wiehert die graue Maske.

Zaghaft öffnet Helin die Augen. Wasser? Ist das möglich? Mit der Schulter wischt sie sich über die Wange, dort, wo es so entsetzlich gebrannt hat. Nun fühlt sie sich völlig normal an. Sie ist nicht verletzt, es war gar keine Säure. Die Schweine haben sich einen Spaß daraus gemacht, sie in Panik zu versetzen. Wütend spuckt sie auf den Kerl mit der schwarzen Maske, der aber weicht der Spucke aus und lacht nur noch lauter. Dann zieht er das Fläschchen wieder aus der Tasche, lässt einen Tropfen auf seine geöffnete Handfläche fallen, schreit auf, tut so, als hätte es ihn verbrannt, um dann erneut in schallendes Gelächter auszubrechen. Mit einem Mal aber verstummt er abrupt, greift in die andere Jackentasche und hält mit dem Ausdruck übertriebener Überraschung ein zweites Fläschchen in der Hand.

»Nanu? Sollten wir da etwas verwechselt haben, Ahbap?«, fragt er seinen Kumpan. »Ist das vielleicht das richtige Fläschchen?«

»Man müsste es ausprobieren«, erwidert Ahbap fröhlich.

»Probieren geht über Studieren, stimmt's, mein Täubchen? Zuerst aber müssen wir ein kleines Filmchen verschicken, einen kleinen Gruß an deinen sauberen Freund. Er wird sich sicher freuen, von dir zu hören!«

»Sicher freuen!«, echot der Mann mit der grauen Maske und wischt auf Helins Handy herum, woraufhin ein breites Grinsen auf seinem Gesicht erscheint.

53

»Eine Karte für Ihren Freund Cem? Bedauere, nichts dabei.« Und schon war die Postbotin weiter. Schmerzlich spürte Tim die Enttäuschung. Warum konnte die verdammte Karte nicht einfach da sein? Wurde doch alles per Flieger verschickt, und der war in drei Stunden von Istanbul in Nürnberg. Tim verfluchte die umständliche Regelung. Als hätte es keinen anderen Weg gegeben, ihm auf sichere Weise den Code für den Koffer zukommen zu lassen. Übers Festnetz zum Beispiel. Oder über eine Telefonzelle, in der man sich anrufen lassen konnte. Dann hätte er den Koffer längst öffnen und die Kontaktleute vom Journalistennetzwerk zusammentrommeln können. Er war so froh, dass es das auf der Welt noch gab, freie, unabhängige Kollegen, Verleger von Tageszeitungen, Intendanten von Rundfunkanstalten, die sich an heiße Eisen trauten. Wie bei den Panama-Papers würden sich auch jetzt wieder investigative Journalisten zusammentun und die Informationen auswerten, die in seinem Koffer steckten. Gleich nachdem er von dem mutigen Unbekannten aus der Umgebung des Sultans gefragt worden war, ob er sich der brisanten Sachen annehmen würde, hatte er die Kontakte geknüpft. Das Geheimtreffen mit seinen Kollegen war eines der Highlights seiner journalistischen Karriere gewesen. Zu dritt waren sie hinaus auf den Nürnberger Dutzendteich gerudert, in einem albernen Flamingoboot, ein erfahrener Redakteur der *Süddeutschen*, eine junge Kollegin vom *WDR* und er. Auf dem Wasser hatten sie alles Wichtige besprochen. Man hatte ihm zugesagt, sein Material sorgfältig zu prüfen. Ihnen würden leider häufiger Sachen angepriesen, die sich dann als Fake erwiesen. Sollten die Unterlagen aber stichhaltig sein, würde man die Wahrheit über den tatsächlichen Verlauf des angeblichen Putsches gemeinsam publizieren. Auf dieses Versprechen könne er sich verlassen. Und darauf, dass die Quellen geschützt blieben.

Aufgekratzt war er nach Hause gelaufen, er hätte jubeln können. In einer ganzen Serie würde man berichten, würde aufdecken, was sich in der Türkei tatsächlich abgespielt hatte. Dass der Putsch kein Putsch war, dass man einer schlechten Inszenierung auf den Leim gegangen war, dass der Sultan nicht das Opfer, sondern der Täter war. Wie raffiniert der Tyrann alles eingefädelt hatte, alle waren sie darauf reingefallen, selbst die internationalen Geheimdienste. Nur die Russen nicht, das jedenfalls vermutete Tim. Die Russen hatten die Pseudorevolte nur zu gerne durchgewunken, damit hatten sie ein weiteres Pfand in der Hand, um sich den Sultan gefügig zu machen. So sehr die Türken und die Russen sich auch hassten, sie verfolgten doch ähnliche Ziele, nämlich Europa zu destabilisieren. Indem beide den Krieg in Syrien weiter anheizten, indem man weiter Bomben und Granaten abwarf, manche mit ätzendem Giftgas gefüllt, wurde verhindert, dass der Flüchtlingsstrom zum Erliegen kam. Wie konnte man Europa besser erpressen als mit der Drohung, die Grenzen zu öffnen? Der Krieg verfolgte noch ein weiteres Ziel: So konnte der Präsident unter dem Deckmantel einer Sicherheitszone weite Teile des syrischen Kurdenlandes unter seine Kontrolle bringen, wodurch die türkischen Kurden, seine größten Feinde, entscheidend geschwächt wurden. Und dann ging es noch, eher nebenbei und von der Öffentlichkeit kaum wahrgenommen, um riesige Gasfelder, die man nahe Kreta in der Ägäis vermutete und die Griechenland für sich beanspruchte. Mit den Russen an der Seite hatte der Sultan eine wesentlich stärkere Verhandlungsposition und konnte sich die sprudelnde Geldquelle dreist unter den Nagel reißen.

Alles lief für den Sultan nach Plan, wenn nicht der Koffer wäre. Es bereitete Tim eine diebische Freude, sich vorzustellen, wie der Präsident unruhig durch die Gänge seines Protzpalastes in Ankara lief. Das Material war hieb- und stichfest, da war sich Tim sicher. Kronos riskierte sein Leben dafür. Eigentlich war Kronos als IT-Experte damit beauftragt gewesen, die gesamte Korrespondenz des Präsidenten zu Vorbereitung und Durchführung des inszenierten Putsches zu vernichten. Das hatte Kronos auch getan, zuvor aber hatte er heimlich den Drucker angeworfen und die Protokolle in Papierform gesichert. Zwar hatte ihn der Sicherheitsdienst beim Verlassen des Palastes, in dem der Sultan vorgab, Urlaub zu machen, gründlich gefilzt und insbesondere nach elektronischen Datenträgern gesucht, man hatte aber nicht mit seiner Chuzpe gerechnet. Kronos hatte die ausgedruckten Papiere in einen Umschlag gesteckt und diesen durch die Hauspost des Palastes in einem vorbereiteten offiziellen Umschlag an seine eigene Adresse schicken lassen. Anschließend hatte er sich daran gemacht, den Koffer zu präparieren, und Agni auf die Reise geschickt. Tim tastete nach dem Rucksack. In ihm steckten die Beweise. Endlich würde die Wahrheit ans Licht kommen. Damit war der Sultan geliefert. Das würde er politisch nicht überleben, davon war Tim überzeugt. Sein ganzes Schurkengebäude, die ganze Tyrannei beruhte auf dieser Intrige. Deckte jemand die Intrige auf, brach das gesamte miese Lügengebäude zusammen, und die einst so stolze Türkei konnte sich wieder aus dem Dreck erheben. Nicht durch diesen Gülen, den Gegenspieler des Sultans, sondern durch die mutigen Anhänger der Republik und der bürgerlichen Freiheiten, von denen es in der Türkei so viele gab, nicht zuletzt unter den Frauen. Gülen hingegen mochte Tim nicht besonders leiden, auf ihn setzte er keinen Pfifferling. Ein Demokrat sah anders aus.

Um die Wahrheit endlich ans Licht zu bringen, brauchte es aber den Code. Tim sah die Straße entlang, der Regen hatte nachgelassen. Morgen würde er wiederkommen, morgen würde er die Postbotin erneut fragen. Oder besser nicht? Vielleicht würde sie Verdacht schöpfen? Sicherer wäre es vielleicht, ihr heimlich zu folgen und zu schauen, ob sie etwas in den Postkasten warf, der gleich neben der Werkstatt hing. Wie auch immer, er hatte keine Zeit zu verlieren. Wenn nur nicht die Sorge um Helin gewesen wäre. Was war mit ihr passiert? Irgendetwas stimmte nicht. Tim tastete nach seinem Handy, ließ es aber stecken.

54

Gred Kopinski war schon eine Weile als wissenschaftliche Mitarbeiterin des Nürnberger Tiergartens tätig. Einen solchen Besuch aber hatte die junge Forscherin noch nicht erhalten. Sie beugte sich hinunter und besah sich den Vogel, der aufgeregt in dem Gitterkäfig herumhüpfte.

»Ein Rotschwänzchen, keine Frage, ein Weibchen. Und Sie meinen, ich soll dem kleinen Ding einen Peilsender verpassen?«

»Das wäre fantastisch! Es ist wirklich wichtig, sonst würden wir Sie nicht belästigen«, sagte Mütze.

Die Ornithologin schaute skeptisch.

»Geht es darum, ein Umweltverbrechen aufzuklären?«

»Es geht um etwas viel Ernsteres, leider! Mehr darf ich Ihnen bedauerlicherweise aus ermittlungstaktischen Gründen nicht sagen, Sie verstehen.«

Gred Kopinski nickte und blickte dennoch ratlos drein. Wo sollte sie auf die Schnelle einen Peilsender hernehmen? Alle verfügbaren Geräte waren im Einsatz.

»Es geht um ein Menschenleben«, ergänzte Karl-Dieter, worauf Mütze mit den Augen rollte. Mann, Karl-Dieter, halt dich bitte raus!, dachte er.

»Warten Sie«, sagte Frau Kopinski und drückte ein paar Tasten ihres Computers, dann glitt ein Lächeln über ihr Gesicht. »Wir haben Glück, Kasimir ist auf dem Weg zu uns.«

»Kasimir?«, fragte Mütze.

Statt zu antworten, zoomte Frau Kopinski die Karte näher heran.

»Ich würde behaupten, er müsste in einer Viertelstunde da sein!«

55

Der Regen hatte aufgehört, gleißend war die Sonne hinter den abziehenden Wolken hervorgetreten und brachte die feuchten Straßen zum Dampfen. Wohin jetzt? Kurz hatte Tim darüber nachgedacht, bei seinem Kollegen von der *Süddeutschen Zeitung* anzuklopfen und ihm seine Situation zu erklären. Vielleicht hätte er ihm Unterschlupf gewährt. Zuletzt aber hatte Tims Stolz gesiegt. Er wollte keinem zur Last fallen, er wollte einfach nur sauber seine Arbeit machen, den Koffer im Beisein seiner Mitstreiter öffnen und ihnen bei der Sichtung behilflich sein. Zwar hatte das Netzwerk versprochen, einen zuverlässigen Übersetzer mitzubringen, denn es war zu erwarten, dass die meisten Protokolle und Notizen in türkischer Sprache verfasst waren, zu zweit würde man aber natürlich schneller vorankommen, und sein eigenes Türkisch war so gut wie das eines Muttersprachlers. Dennoch, Tim sah seine Rolle in diesem Fall weiterhin darin, der Bote zu sein, der Überbringer der Geheimpapiere. In dem türkischen Blatt, der *Hürriyet*, für das er einst so gerne gearbeitet hat, würde er nichts veröffentlichen können, das war klar, seit die Eigentümer es 2018 an einen Komplizen des Sultans hatten verkaufen müssen. Erst nach dem Sturz des Sultans, wenn wieder so etwas wie Pressefreiheit in der Türkei möglich würde, durfte er daran denken, die ganze Geschichte zu erzählen, seine Geschichte – und vor allem auch die von Agni. Die Vorfreude zu spüren, wie gut tat das!

Tim klappte seine Sonnenbrille auf und zog sich das Käppi tief in die Stirn. Wie wenig schätzten die Menschen im Westen die Freiheiten, die sie genossen, zu selbstverständlich waren sie ihnen geworden. Was Freiheit bedeutete, wurde einem erst bewusst, wenn sie einem genommen wurde. An einem Automaten zog er sich von dem spärlichen Geld, das ihm übrig geblieben war, ein Sandwich und einen Kaffee. Dann machte er sich auf den Weg hinauf zum Atzelsberg. Er wollte den Tag nahe der kleinen Ortschaft verbringen. Er liebte die Anhöhe, sie war sein persönlicher Lieblingsplatz in Erlangen, mit Blick auf Nürnberg und die Kaiserburg im Süden und die Berge der Fränkischen Schweiz im Norden. Nirgendwo sonst war die Aussicht freier. Wo er übernachten würde, wollte er spontan entscheiden. Bei der Querung der Schwabachbrücke schrak er zusammen. Im Gegenlicht kam ihm eine junge Frau entgegen, für eine Sekunde glaubte er, es sei Helin. Wieder stieg die verfluchte Angst in ihm auf. Hoffentlich war alles in Ordnung, hoffentlich war Helin in Sicherheit. Den Verbrechern vom MIT war alles zuzutrauen.

Spontan änderte Tim seine Pläne. Der Gedanke, sich auf der Atzelsberger Höhe aufzuhalten, während er nicht wusste, was mit Helin war, erschien ihm plötzlich unerträglich. So kehrte er auf dem Absatz um und lief zum Bahnhof. Und er hatte Glück. Als er Gleis 4 erreichte, von dem die Züge nach Nürnberg abfuhren, stand dort eine Gruppe französischer Touristen. Sehr gut! Damit würde er die Videokameras austricksen. Die Polizei würde nach einem Einzelgänger Ausschau halten. Wenn er so tat, als sei er in Begleitung, war die Tarnung perfekt, und wo war man in öffentlichen Verkehrsmitteln besser getarnt als in einer Touristengruppe? Aber es kam noch besser: Ihren Gesprächen entnahm er, dass sie nach Bayreuth wollten, so wie er, also hielt er sich dicht in ihrer Nähe auf und folgte ihr auch beim Umsteigen am Nürnberger Hauptbahnhof. Er würde vorsichtig bleiben, das schwor er sich, er wollte nur aus der Ferne beobachten, ob Helin ihrer Arbeit am Festspielhaus nachging. Mehr nicht. Dann würde er wieder verschwinden.

56

Freya Wälsungen war bedient. Nie wieder mit neuen Leuten arbeiten! Dass auf Amateure wie diese Helin kein Verlass war, damit musste man vermutlich rechnen, dass ein Wildschwein eine joggende Sängerin über den Haufen lief, wie nun geschehen, war tragisch, dass sie aber nun auch noch Karl-Dieter, der doch ein Theaterprofi war und wusste, wie eng getaktet der Zeitplan für die Festspiele war, im Stich ließ, das brachte das Fass zum Überlaufen. Und was für eine blöde Ausrede! Er müsse Mütze bei einer dringenden Recherche helfen, hatte er in seiner WhatsApp geschrieben. Mann! Was konnte dringender sein als die Proben für den *Parsifal*? Was halfen Karl-Dieters geniale Bühnenideen, wenn er sich plötzlich vom Acker machte. Er sei so bald wie möglich wieder zurück, man möge inzwischen andere Dinge vorziehen, hatte er geschrieben. Toller Vorschlag! Was blieb ihnen auch anderes übrig?

»Probe der Blumenmädchen!«, rief Freya Wälsungen genervt und klatschte in die Hände. Dabei entging ihr, dass jemand durch den Künstlereingang ins Theater geschlichen war und hinter die Kulissen schaute. Tim.

57

Sie war nicht da. Helin war nicht da. Es brachte nichts, weiter durch das Festspielhaus zu schleichen, er würde sie nicht finden. Irgendetwas musste passiert sein. Es hatte keinen Sinn, sich etwas vorzumachen. Tim spürte, wie sein Atem schneller ging. Er stand wieder draußen vor dem Festspielhaus auf einem der Kieswege und sah sich um. Ruhig bleiben, jetzt ganz ruhig bleiben. Sollte er ihre Eltern anrufen? Unmöglich, das kam nicht infrage. Sie kannten sicher die Fahndungsfotos, würden ihn endgültig für einen Verbrecher halten. Unschlüssig darüber, wohin er nun gehen sollte, sah er eine junge Frau den Weg entlangkommen und mit einem Tablett voller Kaffeebecher Richtung Bühneneingang streben. Tim gab sich einen Ruck und sprach sie an: »Entschuldigung, können Sie mir sagen, wo Helin ist?«

Die junge Frau blieb stehen und sah ihn verwundert an.

»Helin? Helin macht nicht mehr mit. Sie ist in die Türkei geflogen, vor einigen Tagen schon.«

58

Kaum sind die Kerle verschwunden, kann Helin nicht mehr an sich halten. Unter Aufbietung aller Kräfte hat sie dagegen angekämpft, aber jetzt geht es nicht länger. Nie zuvor hatte sie einen solchen Weinkrampf, selbst damals nicht, als die Nachricht vom Erschießungstod ihres Großvaters eintraf. Es schüttelt sie so heftig, dass es an den Fesseln schmerzt, mit denen man sie gebunden hat. Erst als sie keine Tränen mehr hat, wird sie wieder ruhiger. In was für eine Geschichte ist sie da hineingeraten? Das Einzige, was sie inzwischen versteht, ist, dass es nicht um sie und ihre bescheidenen Aktivitäten für die Sache der Kurden geht. Ihren Peinigern geht es um etwas ganz anderes. Es geht ihnen um Tim. Was auch immer sie von ihm wollen, es muss etwas sehr Wichtiges sein. Warum hätte man sie sonst entführt, warum schickt man ihm solche Videos? Es muss mit seinen Recherchen zusammenhängen. Irgendetwas hat er herausgefunden, das für den Sultan gefährlich ist. Weshalb hat er ihr nichts davon erzählt? Hat er kein Vertrauen zu ihr? Sie hätte ihm doch geholfen, hätte ihm beigestanden, oh wie gerne hätte sie das! Nichts wünscht sie sich sehnlicher, als Seite an Seite mit Tim für eine bessere Welt zu streiten.

Es muss Gründe für sein Schweigen geben, für die er nichts kann. Sie darf sich gar nicht vorstellen, was jetzt passieren wird. Man wird ihn erpressen, mit den Videoaufnahmen von ihrem Angstgeschrei. Warum ist sie nicht einfach cool geblieben? Auf so einen Scheißtrick musste sie reinfallen. Sie schließt erneut die Augen. *Geh nicht auf den Deal ein, Tim, hörst du? Du darfst dich nicht erpressen lassen. Mir geht es gut, alles wird gut. Bald sind wir wieder zusammen.*

Sie lauscht dem hungrigen Piepen der Vogelbabys, auch das zerreißt ihr das Herz. Beim zweiten Mal hat es funktioniert, also richtig funktioniert. Anders als zuvor das arme Männchen hat das Weibchen keine Panik bekommen, als sich die Schlinge um sein Füßchen zusammenzog. Mit dem Zettel ist es ins Freie geflogen. Seitdem wartet Helin vergeblich auf seine Rückkehr. Was mag passiert sein? Hoffentlich ist ihr nichts geschehen, hoffentlich kommt sie endlich wieder und stopft ihren Kleinen die Schnäbel. Nein, Helin wünscht dem Vögelchen nicht, dass es draußen gegen eine Wand geflogen ist, auch wenn man hierdurch das Zettelchen vielleicht schneller finden würde. Das Zettelchen soll sich an der frischen Luft einfach vom Faden lösen und auf einen Weg fallen, wo es hoffentlich, hoffentlich jemand findet. Und wenn er es findet, hält er es hoffentlich nicht für einen Dumme-Jungen-Streich.

Wenn nur die Kleinen nicht so schrecklich piepsen würden. Wenn sie könnte, würde sie wieder hinaufklettern und die hungrigen Schnäbel mit ein paar Keksbröseln füttern. Mühsam versucht sie, ihre Fesseln zu lockern, was ihr jedoch nicht gelingt. Kalt ist ihr, so kalt wie nie zuvor, dazu dröhnt ihr Kopf entsetzlich. Erschöpft schließt sie die Augen, endlich nimmt sie ein gnädiger Schlaf in seine Arme.

»Oje!«

»Was ist?«, wollte Mütze wissen und starrte auf den Bildschirm.

»Tut mir leid, Kasimir hat es sich anders überlegt.«

»Was heißt das?«

»Sehen Sie hier!« Gred Kopinski zeigte auf einen kleinen roten Punkt auf dem Bildschirm, der schon fast den westlichen Stadtrand von Nürnberg erreicht hatte, als er, warum auch immer, in einem Bogen wieder abdrehte. Die Ornithologin schüttelte den Kopf. »Ich versteh's nicht, das macht Kasimir sonst nie. Was will er denn in Fürth?«

In die Türkei? Niemals! Was sollte Helin jetzt in der Türkei? Sie liebte ihren neuen Job, war so glücklich gewesen, als Karl-Dieter sie als Assistentin genommen hatte. Niemals hätte sie da das Handtuch geschmissen. Das passte ganz und gar nicht zu ihr. Es musste handfeste Gründe dafür geben, dass sie abgetaucht war. Wieder dachte Tim an die fehlenden Kommata in ihrer letzten Botschaft, wieder spürte er, wie ihm die Angst die Kehle zuschnürte. Es half nichts, er musste sich Gewissheit verschaffen. Er musste noch mal sein Handy anwerfen, ganz egal, wie hoch das Risiko auch sein mochte.

Mit raschen Schritten lief er den Grünen Hügel hinunter durch die Parkanlage, eine gewaltige Büste von Cosima Wagner wachte mit stolzem Blick darüber, dass sich an diesem heiligen Ort niemand danebenbenahm. Zahlreiche

Spaziergänger waren unterwegs, Familien, deren Kinder mit dem Roller fuhren, Pärchen und geführte Besuchergruppen aus aller Welt, viele davon aus Asien. Wagner zog, auch außerhalb der Festspielzeit.

An einer Haltestelle fuhr gerade ein Bus vor, spontan stieg er ein. Er schwang sich auf die Rückbank, fummelte den Akku hervor und setzte ihn ein. Es dauerte eine Weile, bis der Empfang hergestellt war. »Komm schon, komm schon«, flüsterte er ungeduldig. Endlich erschienen die Antennensymbole, dann ertönte ein kleiner Brummton. Eine neue WhatsApp! Von Helin.

61

Fröhlich lachte ihn ihr Profilbild an. Sie stand am Ufer der Spree, auf der Charlottenburger Schlossbrücke. Mit der Hand strich sie ihr dunkles Haar zurück, an dem der Wind zauste. Tim erinnerte sich an jede Kleinigkeit, hatte er das Foto doch selbst geschossen. Wie sollte er diesen Tag jemals vergessen? Es war ein Sonntag im Herbst, der erste Tag ihres gemeinsamen Lebens. Nachdem sie in seinem Kreuzberger Hotelzimmer aufgewacht waren, hatten sie in aller Früh einen verrückten Spaziergang gemacht, immer die Spree entlang, einmal durch Berlin, von der Oberbaumbrücke bis zum Unterbaum und weiter den Flussschleifen folgend bis nach Charlottenburg. Er hatte erst am nächsten Tag wieder als Referent rangemusst, und Helin hatte kurzerhand beschlossen zu schwänzen. Fast vier Stunden hatten sie dafür gebraucht, Arm in Arm waren sie am Ufer entlanggeschlendert, an der East Side Gallery vorbei, an der

Museumsinsel, am Reichstag, und all die vertrauten Orte erschienen ihnen völlig neu. Am Charlottenburger Schloss waren sie dann bei einem Italiener eingekehrt, in der *Opera*, wo sie die teuersten Spaghetti ihres Lebens aßen, hatten sie doch auf Empfehlung des weißhaarigen Kellners frisch gehobelte Trüffel auf die dampfenden Nudeln schneien lassen. Danach waren sie zurück nach Kreuzberg gefahren, zu dem Hotel in der ehemaligen Sarotti-Fabrik, und fielen sich wieder in die Arme. Was für ein Tag war das gewesen!

Mit klopfendem Herzen öffnete Tim die Nachricht, danach war nichts mehr wie zuvor: »Willst du Helin lebend zurück, komm heute Nacht mit dem Koffer zur Ludwig-Scholz-Brücke am Nürnberger Hafen. Du gehst Punkt zwölf auf der Nordseite los, Austausch ist in der Mitte. Wenn du nicht kommst oder die Polizei einschaltest, ist Helin tot. Schau dir das Video an, wenn du uns nicht glaubst.«

Das Video? Hektisch drückte Tim auf das Startzeichen unter dem Text. Der Film lief ab. Tim erstarrte.

62

»Ach nein! Er fliegt gar nicht davon, er ruht sich nur aus. Sehen Sie hier?«

Mütze und Karl-Dieter blickten auf den Computerbildschirm. Gred Kopinski hatte die Karte näher herangezoomt. Dort, wo der rote Punkt blinkte, erstreckte sich zwischen zwei Flüssen eine langgezogene Insel.

»Der Zusammenfluss von Rednitz und Pegnitz, dort gehen die Fürther gern spazieren. Kasimir, der Schlingel, spekuliert wohl auf eine Extraportion Futter.«

Mütze runzelte die Stirn. »Wann bitte ist mit Kasimir zu rechnen?«

»So genau kann ich das nicht sagen, leider, doch erfahrungsgemäß rastet er nie lange.«

»Eine Stunde? Einen Tag? Eine Woche?«

»Würd mal sagen, circa eine Stunde, maximal zwei.«

63

Kurz nach neunzehn Uhr. Der Bus hatte die Haltestelle am Hauptbahnhof erreicht. Alle Fahrgäste verließen den Bus, nur Tim blieb sitzen.

»Wollen Sie nicht aussteigen?«, fragte ihn der Fahrer und blickte in den Rückspiegel.

Tim schüttelte nur den Kopf. Also wendete der Busfahrer achselzuckend, ließ ein knappes Dutzend wartender Parkgäste einsteigen und fuhr die Tour zur Hohen Warte wieder zurück. Mechanisch griff Tim nach dem Handy. »Ich komme«, tippte er und klickte auf den grünen Pfeil zum Senden. Er wirkte wie betäubt, als er den Akku wieder aus dem Handy gleiten ließ. Kraftlos blieb er sitzen, während der Bus die Strecke zum Grünen Hügel hinauffuhr. An der Endstation vernahm er Sirenengeheul, das schnell lauter wurde. Polizei! Tim war schlagartig klar, was das zu bedeuten hatte. Man war hinter ihm her. Die Frau vom Festspielhaus, die mit dem Kaffeetablett! Sie hatte offenbar die Polizei alarmiert, oder irgendein anderer von der Oper, vielleicht die Regisseurin persönlich, diese Wälsungen. Oder ob man ihm wegen der kurzen Benutzung des Handys auf die Schliche gekommen war? Hektisch sprang Tim auf und sah zur geöffneten Bustür hinaus. Der Park des Grünen Hügels war weitläufig, es gab zahlreiche Ausgänge. Vielleicht konnte er hier am besten entwischen.

»Wollen Sie nun aussteigen oder nicht, junger Mann?«, schimpfte der Busfahrer ungeduldig.

Tim sprang hinaus. Alles war besser, als eingesperrt in diesem Bus zu sitzen.

64

Karl-Dieter heizte seinem Corsa ein, soweit der Kleinwagen es zuließ. Mütze war im Tiergarten geblieben und wartete ungeduldig auf die Rückkehr von Kasimir, Karl-Dieter aber hatte sich verabschiedet, um sich wenigstens noch kurz beim Theater sehen zu lassen. So war er. Sein Verantwortungsgefühl ließ es selbst in einer solchen Situation nicht zu, seine Pflichten zu vernachlässigen. Mütze hatte versprochen, ihm eine Nachricht zu schicken, sobald es etwas Neues gab. Eine knappe Stunde später rollte Karl-Dieter auf den Personalparkplatz des Festspielhauses. An der Auffahrt war er von einer Polizeistreife kontrolliert worden. Die Beamten hatten seinen Ausweis verlangt und gefragt, was er hier wolle, ohne ihm nähere Auskünfte zu geben. Karl-Dieter hatte auch nicht zu fragen gewagt. Ob es wegen Helin war? Wusste die Polizei etwa schon Bescheid? Das durfte nicht sein, damit brachten sie sie in Lebensgefahr. Beunruhigt stieg er aus dem Wagen und ging ins Festspielhaus hinein.

Freya Wälsungen konnte trotz ihres Ärgers eine gewisse Erleichterung nicht verbergen, als sie Karl-Dieter kommen sah: »Endlich! Wir brauchen dich dringend!«

»Sie hätten mich um ein Haar nicht aufs Gelände gelassen. Was sucht denn die Polizei hier?«, fragte Karl-Dieter.

»Verrückte Geschichte. Der Flughafenmörder, stell dir vor, er soll der Freund von Helin sein. Er hat sich auf dem Gelände herumgetrieben. Silke meint ihn erkannt zu haben, sie ist sich aber nicht sicher. Er hat sie angesprochen und nach Helin gefragt, als sie den Kaffee brachte.«

Zum Glück fragte Freya Wälsungen nicht nach den Gründen für Karl-Dieters Verschwinden. Dafür war auch keine Zeit. Die Szene in Klingsors Zaubergarten saß immer noch nicht, man war auf Karl-Dieter angewiesen, der die Blumen aufploppen lassen musste. Karl-Dieter betrat die kleine Technikkabine, die versteckt im hintersten Bereich der Bühne stand, von der aus man aber alles im Blick hatte. Er hatte versucht, sich seine Verwirrung nicht anmerken zu lassen. Der Freund von Helin sollte den Mord am Flughafen begangen haben? Kaum zu glauben, dass sich Helin auf einen Ganoven einließ. Und warum suchte er sie nun hier? Zweifelte er daran, dass sie in die Türkei geflogen war? Offensichtlich wusste er nichts von ihrer Entführung, warum sonst sollte er hier aufkreuzen? Und wie hing ihre Entführung mit dem Mord zusammen? Ein Streit um die Beute? Wollte man ihn erpressen? Alles schien völlig verworren.

Karl-Dieter schaltete den Hauptstromkreis an. Die Technikkabine war das Herz der Kulissenmechanik. Von hier aus ließen sich die Seilzüge steuern und die Beleuchtung regeln. Als er sich auf den kleinen Drehschemel setzte und nach dem Handzug griff, der Klingsors Blumen sprießen ließ, traf ihn fast der Schlag. Hinter dem Mischpult, in eine Ecke gequetscht, saß ein junger Mann auf dem Boden, einen Rucksack eng an sich klammernd. Karl-Dieter erbleichte. Er hatte ihn sofort erkannt. Kein Zweifel, das war der Gesuchte, das war dieser Tim, der Mann von den Fahndungsfotos, der Mann, der angeblich Helins Freund war. Aber wie sah er ihn an! Flehentlich, ängstlich, fast beschwörend, als wollte er sagen: »Verrat mich nicht! Sag keinem was! Bitte, bitte! Es geht um Leben und Tod!«

65

Ob sie ein Vorbild habe, hat Tim sie einmal gefragt. Sie hat spontan verneint. Das stimmt aber nicht, wenigstens nicht ganz. Eine Frau gibt es, die bewundert sie durchaus. Diese Frau heißt Leyla Zana. Leyla ist Kurdin wie sie, ist mehrmals für demokratische Parteien ins türkische Parlament gewählt worden. Sie ist so herrlich unangepasst, so mutig! Oft hat man sie dafür ins Gefängnis gesteckt, und dennoch hat sie sich nicht unterkriegen lassen. Als sie im Parlament ihren Amtseid ablegen sollte, trug sie Gelb, Grün und Rot um den Kopf, die kurdischen Farben. Nachdem sie, wie vorgeschrieben, den Eid in türkischer Sprache aufgesagt hatte, fügte sie mit deutlicher Stimme noch etwas auf Kurdisch hinzu: »Es lebe die türkisch-kurdische Brüderschaft!« Ein Affront. Die türkischen Nationalisten hatten getobt. Brüder? Die Kurden waren bestenfalls unerzogene Stiefkinder, denen man noch Gehorsam beibringen würde. Leyla Zanas Partei wurde verboten, ihre Immunität als Abgeordnete aufgehoben.

Begeistert hat Helin auch die Geschichte von den Hosen. Als man 2013 das Kopftuch im Parlament zuließ, beschloss die Regierung, bauernschlau, wie sie war, zugleich auch andere Bekleidungsvorschriften abzuschaffen. Um Kritikern, die wegen des Kopftuchs eine Islamisierung des Parlaments befürchteten, den Wind aus den Segeln zu nehmen, erlaubte man Frauen nun auch das Tragen von Hosen. Man war aber wohl davon ausgegangen, dass keine Frau sich trauen würde, tatsächlich in Hosen zu erscheinen. Sie hatten nicht mit Leyla gerechnet! 2015 wurde die mutige Politikerin erneut ins Parlament gewählt, dieses Mal änderte sie die Formel des Eids ab, schwor nicht auf das türkische Volk, sondern auf das Volk der Türkei, ein kleiner, aber feiner Unterschied, der klarmachte, dass auch die Kurden zur Türkei gehörten. Und als sie den Eid sprach, trug sie Hosen. Der Sultan kochte.

Helin liebt Leyla auch, weil sie stets gegen Gewalt auftritt, ja, sie ist sogar in einen Hungerstreik getreten, damit die Türkei und die PKK endlich friedlich verhandeln. Zweimal wurde sie deswegen bereits für den Friedensnobelpreis nominiert. »Entschuldige, Tim«, murmelt Helin, während sie versucht, sich auf ihrer Matratze zur Seite zu drehen, »ich hab gelogen, ich hab doch ein Vorbild. Und ein klitzekleines bisschen bewundere ich auch dich, du eingebildeter Gockel, auch wenn du das niemals von mir zu hören bekommst, nie, nie, nie.«

66

19.30 Uhr. Überall Uniformen und Hundegebell. Nachdem sie alle Ausgänge gesichert hatte, begann die Polizei damit, den Grünen Hügel systematisch abzusuchen. Sie fingen beim Festspielhaus an. Erneut musste die Probe unterbrochen werden, sehr zum Ärger von Freya Wälsungen, die sich insgeheim über Silke aufregte. Bloß weil jemand nach Helin gefragt hatte, musste das doch noch lange nicht ihr verbrecherischer Freund gewesen sein, wie viele junge Männer mit blonden Locken gab es! Nun hatten sie den Salat. Wer weiß, wie lange die Polizisten hier herumstöbern würden. Die Regisseurin beschloss, die Probe nicht für heute abzusagen. Sie würden weiterproben, bis Mitternacht, wenn's sein musste. Es war zum Verrücktwerden, wie sollten sie das alles bis zur Premiere schaffen?

Zwei Beamte betraten den Bühnenraum, leuchteten den Orchestergraben aus und bahnten sich dann den Weg durch Klingsors Zaubergarten, die Blumen unsanft beiseite schiebend.

»Was ist mit dem Kabuff dort hinten?«, fragte der eine den anderen.

»Welches Kabuff?«

»Na, die schwarze Kabine, wo *Technik* dransteht.«

»Schauen wir mal nach«, schlug der andere vor.

67

Kasimir! Kasimir war zurück. Endlich! Fröhlich öffnete Gred Kopinski die Tür zu dem kleinen Verschlag, in den der Gänserich durch ein Außenloch hereingeschlüpft war.

»Ruhig, mein Großer«, sagte sie und kraulte ihm den Hals, was sich der Vogel gerne gefallen ließ. »So, jetzt darfst du mal ohne Sender herumfliegen, aber nutz das nicht aus, du Rumtreiber!«

Bei diesen Worten griff sie nach einer kleinen Zange und löste mit geschickten Griffen ein kleines Band, das er am Fuß trug.

»Voilà!«, sagte die Ornithologin.

Dann stieg sie wieder aus dem Verschlag und ging mit Mütze in ihr Büro, wo der Vogelbauer mit dem kleinen Rotschwänzchen stand.

»So, mein kleiner Freund«, sagte sie und nahm das Rotschwänzchen mit einer solch gelassenen Selbstverständlichkeit in die Hand, dass es vollkommen ruhig blieb. So schnell die Wissenschaftlerin dem Graugänserich den Peilsender entfernt hatte, so schnell hatte sie das Bändchen am Fuß des Vogels befestigt.

»Kann's losgehen?«, wollte sie wissen.

»Findet es denn den Weg? Bis in die Fränkische Schweiz ist es doch eine Strecke.«

»Keine Sorge. Der Orientierungssinn selbst des kleinsten Vogels ist grandios. Also, wie sieht's aus? Ab in die Lüfte?«

»Von mir aus!«, rief Mütze gespannt, und Gred Kopinski trat vor die Tür und warf das Rotschwänzchen in die Luft. Mit schnellen Flügelschlägen flatterte es davon.

68

Ein kräftiger Ruck, und die Tür zur Technikzentrale flog auf. Karl-Dieter drehte sich um und starrte die Beamten an.

»Polizei!«, rief einer der beiden. »Wir suchen einen flüchtigen Mann. Haben Sie was beobachtet? Das hier ist er!«

Sie falteten das Fahndungsplakat auseinander und hielten es ihm hin.

»Tut mir leid«, sagte Karl-Dieter, »ich bin nur für die Bühnentechnik zuständig, ich hab nichts mitbekommen.«

»Sollte Ihnen was auffallen, rufen Sie uns bitte sofort an«, sagte der Beamte, und schon waren sie wieder draußen. Durch das seitliche Fenster der Technikzentrale sah Karl-Dieter sie Richtung Bühnenausgang verschwinden.

69

Das Gezwitscher der Vögelchen ist wieder zu hören! Helin war kurz eingenickt, das laute Tschilpen der Kleinen hat sie geweckt. Mit müden Augen schaut sie zum Nest empor. Sie kann die Köpfchen der Vogelbabys sehen. Doch was ist das? Die Vogelmutter ist zurück und stopft ihren Kleinen die hungrigen Schnäbelchen. Was für ein Glück! Die Mutter, sie lebt! Heiß durchflutet es Helin. Und noch etwas macht ihr Mut. Der Zettel! Er ist nicht mehr da, er hängt nicht mehr am Fuß des Vogels. Mit dem Rotschwänzchen ist die Hoffnung zurückgekehrt. Jetzt wird alles gut, da ist sich Helin sicher, jetzt wird alles, alles wieder gut.

70

»Wo ist der Punkt hin?« Mütze beugte sich vor und starrte auf den Computerschirm.

Ein paar schnelle Klicks, und Gred Kopinski hatte die Landkarte der Fränkischen Schweiz vergrößert. Fast wie mit dem Lineal gezogen hatte sich der blinkende Punkt vom Tiergarten aus rasch auf einer Linie in nördliche Richtung davonbewegt. Zuletzt hatte er die Ortsmitte von Muggendorf gekreuzt, dann war er plötzlich verschwunden. Hatte der Sender ausgesetzt? Das könne nicht sein, meinte die Wissenschaftlerin, die Mikrobatterie würde bestimmt noch ein halbes Jahr halten. Mindestens.

»Wo ist der Vogel dann?«, fragte Mütze besorgt.

»Manchmal kommt der Funk nicht durch«, sagte die Ornithologin, »hinter dicken Wänden oder in Höhlen. Sehen Sie, hier hat es zuletzt geblinkt, gleich hinter dieser Anhöhe.«

Sie deutete auf eine Stelle auf der Karte, die mit »Schmiedsberg« bezeichnet war.

»Können Sie die Karte noch weiter vergrößern?«

Gred Kopinski spreizte die Finger und zoomte noch weiter heran.

»Sehen Sie ein Höhlensymbol?«

»Bedauere«, sagte die Forscherin.

»Da!« Mützes Augen blitzten auf. »Da ist er wieder!«

Das rote Pünktchen war plötzlich wieder aufgetaucht, exakt an der Stelle, an der es zuletzt geblinkt hatte. Nun entfernte es sich wieder und flog in südliche Richtung, allerdings nur wenige Hundert Meter.

»Jetzt ist es am Ufer der Wiesent.« Gred Kopinski zentrierte die Karte neu. »Ich hab eine starke Vermutung.«

»Welche?«

»Es sucht Nahrung, um seine Kleinen zu füttern.«

Kaum hatte die junge Wissenschaftlerin ihren Verdacht ausgesprochen, als sich der blinkende rote Punkt erneut in Bewegung setzte, wieder flog er zu der Stelle zurück, an der er zuvor verschwunden war, und tatsächlich, wieder verschwand das Blinken für eine Weile. Mütze sprang auf. Kein Zweifel, dort musste die Höhle sein, in der Helin gefangen gehalten wurde. Dort hatte sie dem Vogel das Zettelchen um den Fuß gebunden, wie auch immer sie das angestellt hat.

»Danke!«, rief der Kommissar. »Sie haben mir wirklich sehr weitergeholfen.«

71

Mütze schwang sich in seinen Manta und brauste von Nürnberg den Frankenschnellweg entlang Richtung Fränkische Schweiz, bei Forchheim raus, die Wiesent flussaufwärts, durch Ebermannstadt bis nach Muggendorf und dann eine steile Serpentine nach oben bis zu einem Wanderparkplatz. Trotz der GPS-Daten und des Screenshots von der Landkarte mit dem blinkenden Punkt brauchte er eine Weile, um die exakte Stelle zu finden. Dafür schlug er sich durch dichtes Gestrüpp, durch Holunderbüsche und Brombeerhecken einen Steilhang hinauf, bis er zu einer kleinen, kraterähnlichen Vertiefung gelangte. Dort legte er sich atemlos auf die Lauer. Er brauchte viel Geduld und hätte es fast schon wieder aufgegeben, da sah er es endlich, das Rotschwänzchen! Von seinem Versteck aus konnte Mütze beobachten, wie der kleine Vogel auf einem mit Moos bewachsenen Stein landete, um gleich darauf in einem schmalen, kaum sichtbaren Spalt zu verschwinden. Die Höhle mit dem Verlies! Unterhalb des Spalts musste es sich befinden. Näher heranzutreten oder gar an dem Spalt zu lauschen und etwas hineinzurufen traute er sich nicht. Das wäre womöglich ein verhängnisvoller Fehler. Was, wenn die Entführer etwas mitbekamen? Noch wiegten sie sich in Sicherheit, diesen Vorteil galt es zu nutzen.

Ein Versprechen zu brechen, noch dazu ein Versprechen, das man dem eigenen Freund gegeben hatte, war für Mütze undenkbar. Eigentlich. Nun aber steckte er in der Klemme, schließlich ging es um ein Menschenleben. Bis zu diesem Zeitpunkt hatte er allein ermitteln können, alles Weitere jedoch war nur in einem starken Team zu schaffen. Das würde auch Karl-Dieter einsehen, Helins Wunsch hin, Helins Wunsch her.

Er wartete noch ein Weilchen, bis das Rotkehlchen wieder aus der Höhle emporflatterte. Dann eilte er durch das Dorngestrüpp den Hang hinunter zum Parkplatz und rief von seinem Wagen aus bei der Nürnberger Polizei an. Der Kollege, der abhob, nahm ihn zunächst nicht ernst, glaubte, Mütze wolle ihn auf die Schippe nehmen. Schließlich ließ sich Mütze zum Chef durchstellen, der reagierte sofort und verband ihn mit Jürgen Holzer, dem ermittelnden Kollegen.

»Wir sind schon unterwegs! Wo wollen wir uns treffen?«

»Im *Gasthof Goldener Stern* in Muggendorf.«

72

Zwanzig Uhr. Warum tat er das? War er jetzt völlig übergeschnappt? Was würde Mütze dazu sagen? Warum schützte er einen Mörder vor der Polizei? Vielleicht, weil er sich sicher war, dass dieser junge Mann niemals einen Mord begangen haben konnte? Vielleicht, weil die Verzweiflung in seinen Augen so echt gewesen war? Vielleicht, weil er merkte, wie sehr hier jemand litt, aus Liebe litt?

Als Karl-Dieter mit einem Blick aus dem Fenster der Technikzentrale feststellte, dass sich die Polizisten wieder entfernt hatten, entfuhr Tim ein gestammeltes »Danke!«

Karl-Dieter sah ihn an, wieder rührte sich sein Mitleid.

»Du bist kein Mörder, nicht wahr?«

»Nein, natürlich nicht.«

»Und die anderen?«

»Welche anderen?«

»Na, die anderen auf dem Foto in der Zeitung, die von der Rolltreppe an der U-Bahn-Station beim Flughafen.«

»Die beiden haben meinen Freund auf dem Gewissen. Jetzt sind sie hinter mir her.«

»Du bist ihnen entkommen.«

»Mit viel Glück.«

Die Frage, warum er denn nicht zur Polizei gegangen war, lag Karl-Dieter auf der Zunge, im letzten Moment aber verkniff er sie sich. War das jetzt das Wichtigste? Ging es nun nicht um etwas anderes?

»Kennen Sie Helin näher?«, fragte Tim vorsichtig.

»Helin ist eine ganz besondere Frau«, sagte Karl-Dieter und blickte wieder zum Fenster hinaus. Die Polizisten schienen tatsächlich weg zu sein, kein Mensch war mehr zu sehen. Draußen musste es langsam dunkel werden.

»Dann müssen Sie Karl-Dieter sein.«

»Richtig! Woher wissen Sie das?« Karl-Dieter machte ein erstauntes Gesicht.

»Helin und ich sind verlobt«, sagte Tim leise.

»Pscht!«, zischte Karl-Dieter, legte einen Finger auf den Mund und bedeutete Tim, sich wieder in die Ecke zu drücken. Hinter dem Fenster sah man einen Schatten auftauchen, jemand näherte sich der Technikzentrale, wenige Augenblicke später wurde erneut die Tür aufgerissen. Es war Freya Wälsungen.

»Können wir weitermachen?«

»Von mir aus«, sagte Karl-Dieter und verstellte auch diesmal den Blick auf Tim.

»Gut. Lass das Beleuchtungsprogramm für die Blumenmädchen anlaufen und komm mit in den Zuschauerraum.
Ich brauche deine Einschätzung zur Lichtdramaturgie.«

73

Keine Stunde nach Mützes Anruf trafen seine Nürnberger Kollegen Jürgen Holzer und Uli Egloffsteiner in Muggendorf ein. Wer noch fehlte, war Günther Kaasmann,
der Vorsitzende des Vereins Fränkischer Höhlenforscher.
Ungeduldig saßen die Polizisten an einem Wirtshaustisch
im Nebenzimmer des *Goldenen Sterns*. Ohne Kaasmann
kamen sie nicht weiter. Die Gegend hier war ein einziger
Schweizer Käse, durchlöchert und von Karsthöhlen durch-
zogen. Wer wusste schon, wo die Eingänge genau lagen?

Mütze hatte nur Kaasmanns Frau erreichen können. Ihr
Mann durchsteige gerade wieder irgendeine Höhle, hatte
sie gemeint, Handyempfang gebe es dort nicht, sie würde
ihm aber sofort Bescheid geben, wenn er zurück sei. Endlich, es war schon nach neun Uhr, ging das Telefon. Es war
Kaasmann.

»Zum *Stern* nach Muggendorf? Kein Problem, ich bin in
einer halben Stunde da ... mit den Höhlenplänen, freilich.«

Günther Kaasmann hielt Wort. Kurz vor zehn traf er im
Goldenen Stern ein.

Nach einer kurzen Begrüßung schilderten sie ihm, was
sie herausgefunden hatten und wonach sie suchten.

»Schauen S' her!«, sagte Kaasmann und rollte dabei eine
Landkarte auf dem Wirtshaustisch aus. »Der Beschreibung
nach kommt nur die Baudinger-Höhle infrage, eine eher

unspektakuläre Höhle ohne bedeutende Funde oder Tropfsteine. Trotzdem hat der Eigentümer des Privatforstes die Höhle mit einer Tür verschließen lassen, ist Jahrzehnte her, weil sich dort immer wieder Jugendliche zum unerlaubten Feiern getroffen hatten.«

»Baudinger? Auf einer Seite soll *Bau3* an einer Felswand stehen.«

»Baudinger war der Entdecker mehrerer Höhlen, könnte sein, dass er sie durchnummeriert hat. *Bau3*, das würde passen.«

»Und wo geht's in die Höhle rein?«, fragte Mütze.

»Exakt hier.«

Der Höhlenforscher deutete auf ein Symbol, das aussah wie ein Omega. Es befand sich gar nicht weit entfernt von einer der Serpentinen, die zum Wanderparkplatz führten.

»Kann sein, dass der Eingang in der Zwischenzeit zugewuchert ist«, gab Günther Kaasmann zu bedenken. »Wie gesagt, die Höhle ist schon seit Langem versperrt.«

Die Kommissare nickten, und Jürgen Holzer griff zum Handy, um Verstärkung anzufordern. Aufgrund der unübersichtlichen Situation in dem unwegsamen Gelände brauchte man genügend Leute. Mit Mütze war er sich einig, dass ein Überraschungszugriff die beste Taktik war, und zwar exakt morgens um fünf. Die frühe Morgenstunde hatte sich in vergleichbaren Fällen als optimal erwiesen. Um fünf Uhr morgens schlief selbst der übelste Verbrecher. Mit der Tür würden sie sich nicht lange aufhalten, die würden sie gezielt aufsprengen, möglicherweise zur Verwirrung der Täter auch mit Rauchbomben oder Tränengas arbeiten. Alles musste blitzschnell gehen, um das Leben der Entführten nicht zu gefährden. Die Stunden bis zum Zugriff würden sie brauchen, um sich mit dem ungewöhnlichen Ort vertraut zu machen, mit den Details der Karten und Zeichnungen, die es davon gab, und um den Ablauf der Aktion zu planen.

Mütze griff zum Handy und schickte Karl-Dieter eine WhatsApp: »Geh schon ins Bett, bei mir wird's später.«

74

22.15 Uhr. Wieder und wieder kommt das Vögelchen geflogen, wieder und wieder bringt es Nahrung herbei, stopft die nimmersatten Schnäbel. Helin ist so froh darüber. Wie hat sie mit den Kleinen gelitten, als sie hilflos nach ihrer Mutter piepsten, wie schrecklich war das für sie! Natürlich könnte man fragen: Was sind schon ein paar Vogelkinder? Wie viele werden von Nesträubern gefressen, von Mardern oder Eichhörnchen. Dennoch, die Vorstellung, sie könnten verhungern und sie trägt die Schuld daran, hat Helin schlimm zugesetzt. Umso größer ist nun ihre Erleichterung.

Mühsam versucht sie, sich trotz der Fesseln aufzusetzen. Gut, dass sie so gelenkig ist. Nach einigen Versuchen gelingt es ihr, ihre Hände, die man hinter ihren Rücken gebunden hat, über die angezogenen Füße zu streifen. Jetzt hat sie wieder etwas Bewegungsfreiheit zurückerlangt. Ob schon jemand den Zettel gefunden hat? Krampfhaft klammert sie sich an diese Hoffnung. Was wird Karl-Dieter tun, wenn er die Botschaft erhält? Bestimmt werden Mütze und er sofort auf die Suche gehen. Wie weit fliegt ein Vögelchen bei seiner Futtersuche? Bestimmt nicht mehr als ein paar Hundert Meter. In diesem Radius werden sie sicher jeden Quadratmeter absuchen, vielleicht sind sie schon ganz in der Nähe? Gerade, als Helin überlegt, ob es sinnvoll wäre, noch einmal laut zu rufen und so auf sich aufmerksam zu machen, tönen wieder die Schritte den Gang entlang, quietschend geht die Stahltür auf. Die Maskenmänner sind zurück.

»Es geht los, Schätzchen. An den Füßen losbinden!«, befiehlt die schwarze Maske in hartem Ton.

Die graue Maske kniet sich auf den Boden und löst die Fessel.»Die Hände lassen wir hübsch zusammen. Wenn du vernünftig bist, bist du bald wieder frei. Dein Freund ist ebenfalls vernünftig geworden, er kommt um Mitternacht zum Treffpunkt und holt dich ab. Und damit du siehst, wie gut wir's mit dir meinen, legen wir dir sogar noch frischen Lippenstift auf.«

Entsetzt sieht Helin, wie die graue Maske einen Stift aus der Tasche zieht. Angeekelt wirft sie den Kopf zur Seite, mit Gewalt jedoch malen ihr die Männer die Lippen an. Lachend nehmen sie sie in ihre Mitte und ziehen los: »Und keine Mätzchen, hörst du?«

75

Etwa zur gleichen Zeit eilte Karl-Dieter zurück in die Technikzentrale. Es war schon zehn vorbei, so lange hat Freya Wälsungen sie proben lassen, wieder und wieder die Szene, wie die Blumenmädchen Parsifal bezirzen. Sehr konzentriert war Karl-Dieter nicht bei der Sache gewesen, immer wieder hatte er verstohlen aufs Handy geschaut. Warum ließ Mütze nichts von sich hören? Was war mit dem Vögelchen? War dieser Kasimir denn immer noch nicht aufgetaucht? Und was war das Geheimnis von Tim?

Am Grünen Hügel kehrte endlich Ruhe ein. Die Polizei

hatte ihre Suche ergebnislos abbrechen müssen und war abgezogen. Karl-Dieter fühlte sich nicht wohl in seiner Haut, als er zurück zur Kabine lief. Musste er dem armen Kerl nicht erzählen, dass Helin lebte? Dass man sie entführt und eingesperrt hatte? Dass er das alles von der Luftpost wusste, die Helin verschickt hatte? Dass Mütze und er dabei waren, sie zu finden? Musste Tim das nicht wissen, hatte er nicht das Recht darauf? Und doch, es ging nicht. Wie mühsam hatte er Mütze das Versprechen abgerungen, niemandem etwas vom Inhalt des Zettels zu erzählen. Und da sollte er jetzt anfangen zu quatschen? Noch dazu, wo er Mütze zugleich verschwieg, dass Tim hier bei ihm saß, es verschweigen musste! In welche Schwierigkeiten würde er Mütze bringen, wenn er ihm das erzählte. Dass er einen mutmaßlichen Mörder vor der Polizei versteckte, wo Mütze doch selbst Polizist war! Das würde das Ende seiner Karriere bedeuten. Nein, es ging nicht anders. Karl-Dieter seufzte tief. Er musste alles auf seine Kappe nehmen.

Schweren Herzens ging er die Stufen zur Technikzentrale hinauf. Er hatte die Tür extra abgesperrt, damit niemand sein Kabuff betreten konnte. Doch als er aufschloss, blies ihm ein Windstoß entgegen. Das seitliche Fenster! Es stand sperrangelweit offen. Tim war nicht mehr da. Auf dem Tisch lag ein Umschlag. »Nicht vor Mitternacht öffnen!«, stand darauf, mit hastiger Schrift geschrieben.

76

Unbemerkt in den Zug nach Nürnberg zu steigen war nicht einfach gewesen. Überall auf den Bayreuther Bahnsteigen war noch Polizei unterwegs. Wieder hatte sich Tim einer Gruppe junger Leute angeschlossen, hatte ihnen irgendwelche überflüssigen Fragen gestellt, wo man in Nürnberg noch etwas zu essen bekäme, solche Dinge, hatte lachend einen harmlosen Touristen gespielt und war mit den anderen in den Zug gestiegen. Kurz vor 23 Uhr wäre er in Nürnberg. Er musste nach wie vor äußerst vorsichtig vorgehen, er glaubte nicht daran, dass man die Suche abgeblasen hatte. Sicherlich würde man weiterhin Streife fahren und nach ihm suchen, nicht nur in Bayreuth. Zum Glück kannte er die Brücke, zu der er sollte, in einer guten halben Stunde konnte er es vom Bahnhof aus schaffen. Er durfte keinesfalls zu spät kommen. Lieber etwas früher am Treffpunkt sein und sich bis Mitternacht in der Nähe versteckt halten.

Tim drückte sich in die Ecke seines Sitzes, zog sein Käppi über die Augen und tat, als würde er schlafen, in einer halben Stunde wäre er in Nürnberg. Welch schöne Stunden hatten sie in der Kaiserstadt verbracht! Anfangs war Helin von München, später von Bayreuth nach Nürnberg gefahren, stets hatte er sie am Hauptbahnhof abgeholt. Ihr Lieblingsspaziergang hatte sie durch die alte Stadtmauer hindurch zum Klarissenplatz geführt. Tim rief sich die Bilder ihres letzten Besuchs in Erinnerung. Was hatte Helin für einen Spaß gehabt, durch den verrückten Brunnen zu rennen! Wasser, das wie aus dem Nichts in die Höhe schoss, in immer neuen Varianten, Wasserwände, die einem den Weg versperrten oder sogar für einen Moment im Inneren gefangen hielten. Ein paar Spritzer hatte sie dabei abbekommen, aber das störte Helin nicht, fröhlich klang ihr Lachen über den Platz. Kann man sich in ein Lachen verlieben? Tim war es so gegangen. Schon bei ihrer ersten Begegnung hatte es ihn verzaubert, helle Kaskaden, wie ein sprudelnder

Quell, der über Stufen läuft, mit einem süßen Glucksen am Schluss. Seinen ganzen Witz bot er auf, um sie wieder und wieder zum Lachen zu bringen. Dann verwandelte sie sich von der ernsthaften jungen Frau, die sie war, in ein kleines Mädchen, übermütig, voller Freude und mit dem Schalk im Nacken. Nachdem der Brunnen sie wieder freigegeben hatte, waren sie auf leicht verschlungenen Pfaden abseits der Einkaufstempel zum Pegnitzufer hinuntergelaufen.

Auf dem Kettensteg angekommen hielt sie sich in dramatischer Geste am Geländer fest und fing zu schmollen an: »Du liebst mich nicht, Timmy, du untreue Seele, gib's nur zu, du hast eine andere, sonst hättest du ein Liebesschloss mitgebracht.«

»Aber Schatz, Liebesschlösser rosten doch nur.«

»Dumme Ausrede! Jeder anderen hättest du ein Liebesschloss mitgebracht, nur nicht der armen Helin. Willst du, dass ich mich unglücklich von der Brücke stürze?«

Darauf hatte er sie in den Arm genommen und geküsst, sie hatte sich noch einen Moment dagegen gesträubt wie ein beleidigtes Kind, dann aber hatte sie wieder so herrlich lachen müssen, und sie waren weitergezogen.

Die Brücke! Tim schauderte, wenn er daran dachte. Die Wahl des Ortes für die Übergabe, für den Austausch des Koffers gegen Helin, zeigte sie nicht, wes Geistes Kind die Leute vom MIT waren? Wahrscheinlich hatten sie an die Glienicker Brücke bei Potsdam gedacht, auf der die Sowjets und die Stasi während des Kalten Krieges gerne Gefangene mit dem Westen austauschten. Genau durch die Mitte der Brücke war die deutsch-deutsche Grenze verlaufen, entwürdigende Szenen hatten sich dort abgespielt. Einmal hatte der KGB einen russischen Dissidenten zur Grenze gebracht. Sie hatten den armen Mann in eine viel zu weite Hose ohne

Gürtel gesteckt und so über die Brücke laufen lassen. Seine Hände waren gefesselt, sodass ihm die Hose hinunterrutschte, eine letzte Verhöhnung durch seine Peiniger.

Tim wischte sich über die Augen. Was für eine Verhöhnung war auch das furchtbare Video! Die Bilder gingen ihm nicht mehr aus dem Kopf. Wie Helin entsetzt die Augen geschlossen, wie sie ihren Kopf krampfhaft zur Seite gedreht hatte. Tim ballte die Fäuste. Wehe, die Kerle hatten ihr etwas Schlimmes angetan! Kurz hatte er noch einmal erwogen, die Polizei zur Hilfe zu rufen. Aber würde man ihm glauben? Was, wenn man ihn festnahm? Was geschah dann mit Helin? Die Botschaft ihrer Entführer war eindeutig gewesen.

Tim sah aus dem Fenster. Wann war der verdammte Zug endlich in Nürnberg?

77

Immer noch saß er im Theater, allein in seiner Technikkammer. Freya Wälsungen und die anderen waren längst aufgebrochen. Karl-Dieter starrte auf den Umschlag, der neben den Regieanweisungen auf seinem kleinen Arbeitstisch lag. Was er wohl enthielt? Und warum sollte er ihn erst um Mitternacht öffnen? Karl-Dieter blickte auf sein Handy. Es war 22.30 Uhr. Im selben Moment ploppte eine Nachricht auf. Mütze! Endlich! Was schrieb er denn? »Geh schon ins Bett, bei mir wird's später.« – Ins Bett? Mensch, Mütze, er saß hier wie auf Kohlen und wartete darauf, dass es losging. Enttäuscht starrte Karl-Dieter auf sein Handy, und in seine Enttäuschung mischte sich Verärgerung. Kein Wort von

Kasimir, kein Wort von dem Sender, kein Wort darüber, ob Mütze die Höhle entdeckt hatte. Nur eine lapidare Mitteilung. Verdammt, was sollte das?

Karl-Dieter stand auf. Eine nervöse Unruhe ergriff ihn. Er sah zum Fenster hinaus in die dunkle Nacht. Irgendetwas braute sich da draußen zusammen. Helin wurde in einem Loch gefangen gehalten, Mütze saß auf der Lauer, und Tim war auf der Flucht. Und er hockte nutzlos im Festspielhaus herum.

Erneut blickte er auf die Uhr: 22.40 Uhr. Bis Mitternacht war es noch mehr als eine Stunde. Die Warterei, er hielt sie nicht mehr aus. Entschlossen riss er den Umschlag auf und überflog Tims Zeilen. Mit großen Augen sank er auf den Schemel nieder.

Darum ging es also! Der Putsch in der Türkei, die Nacht, in der sich das Schicksal des türkischen Präsidenten entschieden hatte. Tim hatte die Wahrheit über die Sache herausgefunden, wollte sie öffentlich machen. Er war an Unterlagen gelangt, die den Präsidenten schwer belasteten. Deshalb hatte man Helin entführt und erpresste ihn nun damit! Nicht wegen irgendwelcher Kurdengeschichten, in die sie verwickelt gewesen wäre, es ging um etwas ganz anderes, es ging darum, das belastende Material aus der Welt zu schaffen, das die Rolle des türkischen Präsidenten ans Licht brachte. Darum die Panik in den Augen von Tim, als er sich vor den Polizisten verstecken musste. Erwischte ihn die Polizei, war es um Helin geschehen. Um Mitternacht würde er sie wieder in seine Arme schließen, wenn, ja, wenn alles gut ging. Und die Uhr tickte. Hektisch sprang Karl-Dieter auf. Was konnte er tun?

Sein Handy, sein verfluchtes Handy! Hatte er es gestern Nacht nicht an die Steckdose gehängt? Hatte es nicht eben noch funktioniert? Es half nichts, der Akku war leer. Wütend schleuderte Karl-Dieter es auf den Beifahrersitz und warf den Motor an. Dann musste er es eben ohne Mütze schaffen, es kam auf jede Minute an. Diese Welt war wund, oh ja, todeswund, genau wie Amfortas, der kranke König! Gewiss, in Deutschland lebten sie auf einer Insel der Seligen. Allenfalls beschäftigt mit irgendwelchen Luxusproblemen merkte man nicht, was in der Welt geschah, wie Menschen gequält und tyrannisiert wurden, wie Tyrannen vom Schlage dieses türkischen Präsidenten immer dreister wurden und glaubten, Schicksal spielen zu können. Vielleicht, ja, ganz bestimmt brauchte es wieder einen Parsifal, einen unschuldigen Ritter, der die Welt erlöste. War nicht Helin ein solcher Parsifal? Sie und ihr Tim? All die jungen Leute, die gegen das Unrecht auf die Straße gingen, sei es in Hongkong, in Belarus oder in der Türkei ... Waren das nicht die wahren Helden, bereit, alles auf sich zu nehmen, die schwersten Prüfungen zu bestehen, ihr Leben zu riskieren, um diese Welt besser zu machen, diese so schöne, so kranke Welt?

Dieses Mal fuhr Karl-Dieter nicht über Bamberg, dieses Mal nahm er die A9 Richtung Nürnberg. Hoffentlich schaffte er es noch bis Mitternacht! Zum Glück war die Autobahn frei, Karl-Dieter zog auf die linke Spur. Laut Navi würde er um 23.43 Uhr an der Ludwig-Scholz-Brücke eintreffen. Wie es dann weiterging, wusste er nicht.

Vom Bahnhof lief Tim den Altstadtring entlang Richtung Plärrer. Die U-Bahn zu nehmen hatte er sich nicht getraut, er war schon froh gewesen, den Hauptbahnhof unbemerkt von den Bahnpolizisten verlassen zu haben. Den Rucksack mit dem Aktenkoffer hatte er auf dem Rücken, er spürte ihn nur noch als bleierne Last. Welche Hoffnungen hatte er in den Koffer gesetzt, welche Träume waren damit verbunden gewesen! Weit weg erschien ihm das, eine Ewigkeit her. Jetzt war sein einziger Wunsch, Helin zu retten.

Am Plärrer bog er in die Schwabacher Straße Richtung Südwesten ab. So schmerzlich es war, sich das einzugestehen: Er war der Macht des Sultans nicht gewachsen. Selbst in Deutschland herrschten der Tyrann und seine Schergen. Riss ein deutscher Komiker Witze über ihn, drohte ihm auch hier die Justiz. Wegen Majestätsbeleidigung! Seine Majestät, der Sultan! Der selbst hingegen nahm sich alle Freiheiten. Freche Auftritte in riesigen deutschen Hallen? Kein Problem! Busladungen willfähriger Deutschtürken ließ er herankarren, einzig und allein um zu demonstrieren, dass nicht etwa die Bundeskanzlerin, sondern er bei allen, die einen türkischen Namen trugen, das Sagen hatte. Unterstützt wurde er von einem dichten Netz von Spitzeln. Der türkische Geheimdienst, der ihm direkt unterstellt war, verfügte in Deutschland über mehr Mitarbeiter als einst die Stasi. Überall saßen die Spitzel, bei den Dolmetschern, in den Reisebüros, in den Moscheen, unter den Anwälten. Und dass sie vor nichts zurückschreckten, hatten sie wiederholt bewiesen. Selbst einen türkischen Bundesligaprofi hatten sie nachts auf der Autobahn verfolgt und beschossen. Ein Projektil hatte nur knapp einen Reifen verfehlt, das andere eine Scheibe durchschlagen. Nur mit viel

Glück hatte der Fußballer den Anschlag überlebt. Sein Vergehen? Er war Kurde, der sich über die Diktatur des türkischen Präsidenten geäußert hatte. Nein, sie hatten keine Chance mehr. Was jetzt zählte, war nur noch eines: Helin.

80

Verflucht! Was sollten denn all die aufleuchtenden Rücklichter vor ihm? Kurz vor der Auffahrt zur Südwesttangente stauten sich die Autos, eine Nachtbaustelle. Warum hatte ihn sein Navi nicht gewarnt? Wann ging's endlich weiter? Karl-Dieter sah auf die Uhr, die Minuten verrannen. Wenn kein Wunder geschah, würde er zu spät kommen. Das durfte nicht wahr sein! Ihm schoss eine Szene aus dem *Parsifal* durch den Kopf. Nachdem Parsifal den Verführungskünsten der Blumenmädchen und Kundrys tapfer widerstanden hat, tritt er in Klingsors Palast, wo ihm Klingsor die tödliche Lanze entgegenschleudert. Es ist der Moment der größten Spannung, in der jeder Zuschauer den Atem anhält, selbst wenn er die Oper in- und auswendig kennt. Der Speer saust los, von gewaltigen Kräften beschleunigt, saust auf den schutzlosen Parsifal zu – und bleibt über dessen Haupt in der Luft stehen. Einen solchen Moment brauchte es nun, den Eingriff höherer Mächte in die Geschicke der Menschen. Und lautete so nicht das göttliche Versprechen? Wenn jemand mit reinem Herzen gegen das Böse kämpft, wird es keine Macht über ihn besitzen und für immer zugrunde gehen, das Gute wird siegen, und die Welt wird geheilt. Aber galt das auch in der Wirklichkeit?

Tim hatte die Schweinauer Hauptstraße erreicht, eine dieser gesichtslosen Zufahrtsstraßen, die die Stadt mit Autos fütterten. Nicht schöner wurde sie, als sie die Bundesstraße 2 und dann auch die Bundesstraße 14 verschlang und sich noch mehr aufblähte. In unmittelbarer Nähe spießte sich das höchste Gebäude des Freistaats in den Nachthimmel, der Nürnberger Fernsehturm. Tim beschleunigte seine Schritte. Zwar war er noch gut in der Zeit, dennoch trieb es ihn zur Eile. Die Gegend wurde immer unwirtlicher, Bahnlinien, breite Straßenzüge, Lagerhallen, graue Industriegebiete. Endlich tauchten die Hinweise auf die Südwesttangente auf. Die autobahnähnliche Straße verlief parallel zum Europakanal, nur noch über die Tangente hinweg, dann hatte er sein Ziel erreicht: die Ludwig-Scholz-Brücke. In ihrer Mitte würden sie sich treffen. Tim atmete tief durch und nahm den Rucksack von der Schulter. Es war eine Viertelstunde vor Mitternacht. Wenn die Schweine Helin etwas angetan hatten, wusste er nicht, wie er reagieren würde. Oder doch, natürlich wusste er das. Er würde nach Ankara reisen und den Sultan erschießen, das schwor er sich. Angst und Hass brodelten in ihm, trieben seinen Puls in die Höhe und ließen seinen Atem schneller gehen. Er wollte gerade den Zubringer zur Südwesttangente queren, als sich zwei dunkle Gestalten aus dem Schatten eines Kleinbusses lösten: »Polizei! Ihren Ausweis bitte!«

Ohne zu zögern drehte sich Tim um und spurtete los, rannte die Schweinauer Hauptstraße zurück, über die Bahnbrücke, dann links in eine kleine Seitenstraße hinein, die zum Fernsehturm führte, die Polizisten dicht auf seinen Fersen, er musste sie abhängen, zugleich aber musste er irgendwie zur Brücke kommen. »Stehen bleiben!«, riefen die Beamten. Sie waren trainiert, bald würden sie ihn eingeholt haben. Im Laufen warf Tim eine Abfalltonne um, er hörte ein Scheppern und einen lauten Fluch hinter sich, lief weiter, ohne sich umzuschauen. Hatte er sich einen Vorsprung erkämpft? Die Flucht, sie musste ihm gelingen! Ohne nachzudenken, lief er weiter. Die Straße führte im Kreis um den Fernsehturm herum, er gelangte wieder zur Schweinauer Hauptstraße zurück. Einen Moment blieb er keuchend stehen. Was tun? Viel Zeit blieb ihm nicht mehr, er durfte sich nicht verstecken, er musste weiterrennen, musste sein Ziel erreichen. »Stehen bleiben, oder wir schießen!«, rief es hinter ihm. Augenblicklich spurtete er wieder los, geduckt, den Rucksack schon unter den Arm geklemmt, an der hell erleuchteten Bundesstraße entlang Richtung Westen, Richtung Brücke. Da fielen zwei Schüsse. Verdammt! Die machten ernst! Tim blickte panisch über seine Schulter, sah hinter sich einen Lastwagen die Straße entlangkommen, Tim überlegte nicht lange, er wollte versuchen, die Straße zu überqueren, um den Laster zwischen sich und seine Verfolger zu bringen. Da fiel ein dritter Schuss. Vor Schreck geriet er ins Stolpern, konnte sich nicht mehr halten, stürzte auf die Straße. Der Rucksack entglitt ihm, schlitterte über den Asphalt und vor den Laster. Was folgte war ein lauter Knall, dann stand der Rucksack in Brand. Entsetzen in Tims Gesicht. Er spürte die Schmerzen des Sturzes nicht, er bekam kaum mit, wie die Polizisten ihn packten und ihm Handschellen anlegten, er spürte gar nichts mehr. Der Koffer war zerstört, die Papiere verbrannt. Es war vorbei.

Alles Betteln, alles Flehen, vergebens. Die Polizisten lachten ihn nur aus. Ihn freilassen? Weil er ein Leben retten müsse? Nie einen größeren Blödsinn gehört! Er sei der Gesuchte, er sei der Mann auf den Fahndungsplakaten, ob er das etwa bestreite? Tim bestritt es nicht, gab zu, der Gesuchte zu sein und doch nicht der Mörder. Seine Stimme überschlug sich fast. Die Mörder seien die anderen gewesen, die Männer hinter ihm, denen er gerade noch entwischt sei.

»Na klar!«, lachten die Polizisten, »die Mörder sind immer die anderen. Und warum haben Sie sich nicht bei uns gemeldet, warum laufen Sie vor uns davon? Warum werfen Sie mit Sprengsätzen?«

Tim schüttelte verzweifelt den Kopf. Warum glaubte ihm denn keiner? In wenigen Minuten würde man Helin auf die Brücke führen. Was mit ihr passierte, wenn er nicht kam, mochte er sich nicht ausmalen. Doch selbst wenn es ihm wie durch ein Wunder noch gelingen sollte, noch rechtzeitig aufzutauchen, hatte er doch den Koffer nicht mehr. Der Selbstzerstörungsmechanismus hatte funktioniert, auf bescheuerte Weise funktioniert.

»Von der Brücke stürzen«, lachten die Polizisten. »Welchen Bären wollen Sie uns denn da aufbinden? Aber keine Sorge, die Kollegen sind bereits unterwegs, Sie kriegen ein kostenloses Taxi zu unserer hübschen Wache. Auf Staatskosten. Ah, da kommt es ja schon!«

Ein Streifenwagen stoppte. Zwei Beamten stiegen aus, beglückwünschten ihre Kollegen, flachsten über eine Beförderung, die nun wohl anstünde. Dann schoben sie Tim unsanft auf die Rückbank, einer der beiden Polizisten setzte sich neben ihn, der andere schwang sich ans Steuer und fuhr los Richtung Polizeidirektion. Am Armaturenbrett leuchtete rot die Zeit auf. 23.57 Uhr. Tim bebte vor ohnmächtiger Wut. Nun konnte nur noch ein Wunder Helin retten. Wenige Augenblicke später tauchten Geländer zu beiden Seiten der Straße auf und ein grünes Schild »Europakanal«. Die Ludwig-Scholz-Brücke. Das Polizeiauto rauschte darauf, ohne die Geschwindigkeit zu drosseln. Tim, der auf der rechten Seite saß, sah panisch von einer Brückenseite zur anderen.

»Langsamer, fahren Sie doch langsamer«, rief er, doch den Polizisten schien das nicht zu kümmern.

»Da ist sie! Stopp! Stoppen Sie bitte!«, rief Tim verzweifelt und schlug seinen Schädel gegen die Scheibe. Auf dem rechten Fußgängerweg, genau in der Mitte der Brücke, stand eine schlanke Frauengestalt, zwei bullige Männer rechts und links. Warum bremste der Fahrer denn nicht? Warum fuhr er einfach weiter? Er musste sie doch gesehen haben! Zu allem Überfluss schaltete er auch noch das Blaulicht ein. Jetzt war alles aus.

»Helin!«, brüllte Tim und versuchte, durch die Heckscheibe zurückzuschauen, da packte ihn der Polizist, der neben ihm saß, hart an.

»Jetzt reicht's aber! Hör auf mit dem Geschrei, oder du lernst uns kennen!«

»Helin«, flüsterte Tim, ohne den Blick von ihr zu lassen, und das Wasser schoss ihm in die Augen, »meine Helin.«

Als der Streifenwagen das Ende der Brücke erreicht hatte, musste er abrupt stoppen. Eine Fußgängerampel hatte auf Rot geschaltet. Nun geschah alles blitzschnell. Tim warf sich mit einer solchen Wucht gegen die Tür, dass sie aufsprang und er auf die Straße stürzte. Sogleich rappelte er sich wieder auf und lief los, die Hände in Handschellen auf dem Rücken, lief zurück zur Mitte der Brücke. »Helin!«, brüllte er. »Halt! Ich komme!« Doch in der Mitte der Brücke war niemand mehr zu sehen.

83

Polizei Nürnberg, AZ 27/3978. Bericht über die Vernehmung des Zeugen Karl-Dieter B. durch die Kollegen Philip K. und Jens D. und zum Befund der Rechtsmedizin der Friedrich-Alexander-Universität Erlangen-Nürnberg (Prof. Dr. K.)

Karl-Dieter B. gibt an, gegen 22.40 Uhr an seinem Arbeitsplatz im Festspielhaus Bayreuth eine schriftliche Nachricht von Tim D. gelesen zu haben des Inhalts, dass dieser auf dem Weg zur Nürnberger Ludwig-Scholz-Brücke sei, um dort um Mitternacht seine Freundin Helin U. durch die Übergabe eines Koffers aus den Händen ihrer Entführer zu befreien. Karl-Dieter B. beschloss daraufhin, selbst zum Ort der Übergabe zu fahren, wo er kurz nach Mitternacht eintraf. (Der Abgleich mit den Zeitangaben der Kollegen, die den flüchtigen Tim D. verfolgten, ergab, dass dies gegen 0.09 Uhr der Fall gewesen sein muss.) Vergeblich habe Herr B. vorher versucht, seinen Freund, Hauptkommissar Mütze von der Kripo Erlangen, zu erreichen, sein Mobiltelefon sei nicht geladen gewesen. Am Tatort angekommen habe er aus der Ferne noch beobachten können, wie sich Tim D. mit gebundenen Händen kopfüber vom Geländer der Brücke stürzte. (Dies deckt sich mit der Beobachtung der Kollegen, die dem Flüchtenden folgten.) Angesichts des drohenden Ertrinkungstodes von Tim D. habe Karl-Dieter B.

einen gaffenden Zeugen gebeten, mit seinem Handy Hilfe zu rufen, doch die zeitgleich eintreffenden Kollegen übernahmen es letztlich, die Wasserwacht zu informieren und zum Unglücksort zu dirigieren, wo das Rettungsboot zehn Minuten später eintraf. Zwei Männer der DLRG stiegen mit Taucheranzügen ins Wasser und konnten innerhalb weniger Minuten zwei leblose Personen bergen, die dicht unter der Oberfläche trieben, es handelte sich um die Körper von Helin U. und Tim D. Noch an Bord des Rettungsbootes vorgenommene Wiederbelebungsversuche waren erfolgreich, allerdings kamen beide bislang nicht wieder zum Bewusstsein und wurden in kritischem Zustand ins Städtische Klinikum Süd gebracht. Beide liegen auf der Intensivstation, Helin U. muss beatmet werden. Da beide Personen an den Händen gefesselt waren, hätten sie keine Chance gehabt, sich schwimmend über Wasser zu halten, bis Hilfe kam. Die weitere Untersuchung ergab, dass Tim D. noch versucht hatte, Helin U. mit den Zähnen an der Kleidung zu packen und auf diese Weise an die Wasseroberfläche zu ziehen und vor dem Ertrinkungstod zu retten, entsprechende Spuren fanden sich am Aufschlag ihrer Jacke. An den Lippen von Tim D. fanden sich zudem Spuren des Lippenstifts von Helin U.

Der reine Tor
Mich dünkt ihn zu erkennen
Dürft ich den Tod ihn nennen
Parsifal, 1. Aufzug, 1. Szene

SAMSTAG

84

In der Nacht zum Samstag waren kräftige Gewitter übers Land gezogen, der Morgen aber war sonnig und schön. Am Eingang des Bayreuther Festspielhauses hing ein handgeschriebener Zettel: »Alle Proben auf Sonntag verschoben.« In Nürnberg hatten sich im Schatten der Linden des kleinen Parks vor dem Städtischen Klinikum Süd an die fünfzig Menschen eingefunden, Verwandte, Freunde und Bekannte von Tim und Helin, auch einige Mitglieder der Bayreuther Operntruppe. Auch einige türkischstämmige junge Leute waren gekommen. Karl-Dieter hatte sich auf einem Zettel Stichworte für eine kleine Ansprache notiert. Obwohl Mütze meinte, man solle persönliche Reden doch bitte den Familien überlassen, wollte Karl-Dieter nicht darauf verzichten, vor allen Versammelten auszusprechen, was Helin ihm bedeutete, und ihr und natürlich auch ihrem Tim die besten Wünsche zuzurufen. Es sei ja auch im Namen des ganzen Theaters, hatte er hastig und fast entschuldigend hinzugefügt.

Mütze war schlecht drauf. Zwar hatten ihm seine Kollegen

keinen ausdrücklichen Vorwurf gemacht, die Art jedoch, wie sie seinen Blick mieden, sprach eine andere Sprache. Und hatten sie nicht recht? Wenn er nur ein klein bisschen schneller gewesen wäre, wenn er früher um Unterstützung gebeten hätte, wäre das Ganze nicht passiert, den jungen Leuten wäre nichts passiert und sie würden nicht auf der Intensivstation liegen. Seine Kollegen von der Nürnberger Kripo waren aber noch aus einem ganz anderen Grund verärgert. Sie waren draußen. Das BKA hatte ihnen den Fall aus der Hand genommen. Man hob die Sache auf eine höhere Ebene, was die Ermittlungen allerdings nur verzögerte. Die Mörder jedenfalls liefen weiter frei herum. Ob man sie jemals schnappen würde, blieb fraglich, wahrscheinlich hatte der MIT sie längst zurück in die Türkei geschleust, und nun saßen sie in einer schicken Strandvilla in Antalya und bohrten entspannt ihre Zehen in den Sand.

Schlimmer noch war, dass die Hintermänner fein raus waren, allen voran der Drahtzieher auf dem Thron in Ankara. Zwar hatte Tim in seinem Schreiben an Karl-Dieter das Motiv und die Hintergründe der Taten offengelegt, was aber half das? Würde man deshalb anfangen, den MIT zu durchleuchten? Niemals! Die Türkei war zu wichtig, um sie wegen dieser Geschichte zu verärgern. Mütze hörte schon, wie im BKA die Aktendeckel zuklappten. Bloß keine politischen Irritationen! Erstens drohten die Türken unverhohlen damit, eine neue syrische Flüchtlingswelle über Europa schwappen zu lassen, zweitens wollten die Deutschen endlich wieder Geschäfte mit der Türkei machen. Was zählte da ein Menschenleben?

Als die kleine Solidaritätsfeier begann und die Gäste enger zusammentraten, hielt sich Mütze ein Stück abseits. Karl-Dieter blieb an seiner Seite, auch wenn er gerne mit den anderen nach vorne getreten wäre. Eine Nachricht ploppte auf Mützes Handy auf.

»Was Neues?«, flüsterte Karl-Dieter.

»Tim kommt langsam zu Bewusstsein«, flüsterte Mütze zurück.

Als der Geistliche der kurdischen Gemeinde zu sprechen begann, fingen viele Gäste an, sich die Hände zu reichen. Der Imam sprach von der Überwindung von Grenzen durch die Macht der Liebe, zwischen Türken und Kurden, aber auch zwischen Christen und Muslimen. Als der Iman geendet hatte, strich ein frischer Wind durch die Kronen der Linden. Zwei junge Frauen stimmten ein Lied an, ein kurdisches Volkslied, die Geschichte eines jungen Liebespaares, das nicht zueinanderkommen durfte, weil es die Zeit und die Hartherzigkeit der Menschen nicht erlaubten. Als die ersten Verse erklangen, geschah Berührendes. Einer nach dem anderen begann, das Lied mitzusingen. Sie sangen es auf Kurdisch und auf Türkisch, und die Deutschen, die den Text nicht kannten, fielen summend mit ein, manche Träne floss dabei, und die Tränen linderten die Verkrampfung in ihren Herzen.

ZWEI WOCHEN SPÄTER

85

Geht man von Kosbach aus nach Osten so gelangt man in ein dichtes Waldgebiet. In ihm hatte man vor vielen Jahren ein Ensemble aus Steinen ausgegraben, denen man die Bezeichnung »Kosbacher Altar« gab. Möglicherweise handelte es sich um eine vorchristliche Kultstätte, einen heiligen Ort, an dem einem unbekannten Gott Opfer dargebracht wurden. Das Original wurde für das Erlanger Stadtmuseum gesichert, an gleicher Stelle wurde jedoch eine Replik errichtet. Nahe dem Heiligtum stand eine Bank, auf der Karl-Dieter Platz genommen hatte, Mütze wollte nachkommen, jedenfalls hatte er es versprochen. Es war der Tag vor der *Parsifal*-Premiere. Karl-Dieters Gedanken aber gingen in eine ganz andere Richtung. Wie sehr hoffte er weiterhin, dass Helin durchkam. Und dass der Einsatz der jungen Leute nicht umsonst gewesen war. Die Kriminaltechniker hatten die Reste des Koffers zusammen mit den verbrannten Papieren tiefgefroren. Mit viel Glück würde es vielleicht gelingen, einzelne Blätter beim vorsichtigen Auftauen der Aschereste wieder lesbar zu machen. So viel war heute technisch möglich. Karl-Dieter dachte an den Brand der Anna-Amalia-Bibliothek in Weimar. Was hatte man alles aus der

Asche retten können. Vielleicht gelang das auch jetzt. Und mit ganz großem Glück würde man die wahre Geschichte hinter dem Putsch erfahren.

Tim war wenige Tage zuvor aus der Klinik entlassen worden. Karl-Dieter hatte ihn zu sich nach Hause eingeladen, für übermorgen Abend. Zu seiner Freude hatte Tim zugesagt. Taktvoll hatte Karl-Dieter verschwiegen, dass es ihm ein Bedürfnis war, mit dem Menschen zusammenzukommen, der Helin am nächsten stand, ja, er hatte ihren Namen am Telefon überhaupt nicht erwähnt. Was sollte auch die immer gleiche Frage, wie es Helin ging? Die Antwort darauf musste für Tim doch eine einzige Qual sein! Immer noch lag Helin im Koma, seit zwei Wochen schon. Mit Helins Unglück war für Karl-Dieter der Glaube an Parsifal gestorben. Im Märchen und in der Oper gab es das vielleicht, dass eine unschuldige Seele am Ende alles zum Guten führte. Aber im richtigen Leben? Dort regierte das Gesetz des Stärkeren. Der arme Tim, wie mochte es ihm gehen? So vieles hatte er verloren, innerhalb nur weniger Minuten. Den Kampf um die Wahrheit, den Glauben an die Menschheit und im schlimmsten Falle auch, wenn sie es nicht schaffte, sein Liebstes, seine Freundin.

Karl-Dieter blickte in die Richtung, aus der er Mütze erwartete. Doch statt des Freundes kam eine ältere Frau des Weges, an der Hand ein kleines Kind. Wie alt mochte das Mädchen sein? Noch keine zwei Jahre, schätzte er. Es ging noch etwas unsicher, brauchte die Hand der Großmutter noch. Mit leuchtenden Augen betrachtete die Kleine eine unscheinbare Blume, auf der eine Biene nach Nektar suchte. Unwillkürlich musste Karl-Dieter lächeln. Vielleicht war es so, dass in jedem Kind ein neuer Parsifal steckte. Mit welch unschuldigen, mit welch glänzenden Augen so ein Kind die

Welt betrachtete. Wenn es doch nur gelingen könnte, diesen Zustand ins Erwachsenenalter zu tragen! Wäre die Welt dann nicht automatisch eine bessere? Warum waren die Menschen vom Weihnachtsfest so gerührt, auch diejenigen, die sich kaum mehr Christen nannten? Es war der Zauber, der von jeder Geburt ausging, von jedem Neuankömmling auf diesem Planeten. Mit jedem Kind wurde die Hoffnung geboren, die Hoffnung auf Erlösung. Wenn es doch gelingen könnte, die Kinder zu bewahren vor dem, was die Großen Erziehung nannten, von ihren ach so wichtigen Zielen, vor dem pädagogischen Bewertungswahnsinn, vor Lob und Tadel, ja, auch vor Lob, denn jedes Lob trug auch den Tadel in sich, von der Einteilung in Religionen, Rassen, Schichten und Neigungen, vor den Erwartungen vor allem. »Der Mensch ist von Natur aus gut«, an dieses Rousseau-Wort glaubte Karl-Dieter mehr denn je, zumindest wollte er daran glauben.

Als die Kleine mit einem seligen Lächeln an ihm vorbeispaziert war, trübte sich Karl-Dieters Blick wieder ein. Ob Mütze noch zu seinem Wort stand? Jetzt, nach dieser furchtbaren Niederlage? Ob er nicht wieder prinzipielle Bedenken vorschob? Wie schlecht diese Welt sei? Wie unverantwortlich es wäre, ein Kind in dieses Chaos zu schicken? Mütze hatte sich noch nicht festgelegt, ob er bei dem Abend mit Tim dabei sein würde. Er hasste es, an eine misslungene Ermittlung erinnert zu werden, er wollte alles so schnell wie möglich verdrängen. Am besten ging das durch einen neuen Fall, ein solcher aber war nicht in Sicht. Karl-Dieter sah auf die Uhr. Mütze schien es sich anders überlegt zu haben, was kein gutes Zeichen war. Ein Piepton ertönte, eine neue WhatsApp. Karl-Dieter fingerte sein Smartphone hervor. Die Nachricht war nicht von Mütze, sondern von Tim, zwei Zeilen nur, aber was für welche! »Bin bei Helin. Sie hat eine Zehe bewegt!«

Eine Zehe! Karl-Dieter lächelte gerührt. Ein Hoffnungszeichen, immerhin. Er freute sich für Tim. Aber ob das wirklich bedeutete, dass Helin aufwachen würde? Wie lange hatte man bei Michael Schumacher gehofft, wie viele Wochen, Monate, Jahre ... Und doch, manche Menschen erwachten wieder, und Helin war doch noch so jung, und hieß es nicht, dass junge Menschen bessere Chancen hätten?

Karl-Dieter überlegte kurz, Mütze zu schreiben und nachzufragen, wo er bliebe, steckte das Handy dann aber wieder weg. Was hatte ihm Tante Dörte immer eingeschärft? Niemals jemandem hinterherlaufen.

Er wollte sich gerade erheben, da leuchtete etwas durch die Bäume. Mütze! Rasch trat der Kommissar näher und setzte sich still neben seinen Freund, dann schwiegen sie eine Weile. Es war kein unangenehmes Schweigen, keine Spannung war zu spüren, nur eine gewisse Erschöpfung vielleicht. Ein kleines Vögelchen flatterte aus dem Waldesdunkel und setzte sich auf die Spitze des Altars. Dort wippte es ein, zwei Mal mit seinen dünnen Beinen und drehte dabei sein spitzes Köpfchen. In seinem Schnabel trug es ein paar Moosfäden. Damit flatterte es zu dem vorspitzenden Zweig einer Fichte und wickelte die Moosfäden geschickt darum, wie jemand, der feuchte Wäsche zum Trocknen aufhängt. Mütze räusperte sich.

»Einen Wäschetrockner werden wir auch brauchen, weißt schon, wegen der Windeln.« Karl-Dieter schoss das Blut ins Gesicht, und seine Augen begannen zu leuchten. Der Vogel aber hielt inne und sah verwundert zu ihnen herüber. Dann flog er zwitschernd davon.

ENDE

*Für Leser, die an der Entstehungsgeschichte des Parsifal in-
teressiert sind: Der Autor hat die näheren Umstände, unter
denen Richard Wagner sein Bühnenweihfestspiel verfasst
hat, in erzählerischer Form nachempfunden. (Der Abdruck
erfolgt mit freundlicher Genehmigung des Mönau-Verlags.)*

Parsifal oder: Wie man Richard Wagner aus München warf

Warum ist sie nur abgereist. Sie weiß doch genau, wie sehr
er sie braucht! Ausgerechnet jetzt, im August, wenn in München der Sommer auf das Schönste die Stadt verzaubert, hat
sie ihm Lebewohl gesagt. Ist doch nicht für immer, ist doch
nur für kurze Zeit, hat sie ihn zu trösten versucht. Wagner hat
nur skeptisch geschaut. Bestimmt wird ihr Vater ihr wieder
Vorwürfe machen. Wie damals in Karlsruhe. Wegen Bülow
hingegen braucht sich Richard Wagner keine Sorgen zu machen. Bülow ist zwar offiziell noch Cosimas Gatte, aber doch
nur auf dem Papier. Die Ehe ist hinüber, unwiederbringlich.
Zum Schein nur halten die beiden ihre Verbindung weiter
aufrecht, der Kinder und der Leute wegen. Im Grunde aber
ist Cosima bereits mit ihm, mit Richard Wagner, liiert, hat
bereits ein Zimmer in seiner großzügigen Villa bezogen.
Oft übernachtet sie auch bei ihm. Gelegentlich kommt es
deswegen zu unschönen Szenen – einmal hat Bülow sie im
Zorn sogar geohrfeigt – aber an ihrer Lebensentscheidung
ändert das nichts, im Gegenteil, fester noch fühlt sie sich
seitdem zu ihm, ihrem neuen Liebhaber, hingezogen. Dabei ist sie mehr als seine Geliebte. Sie ist seine Partnerin,
unterstützt ihn bei seiner Arbeit, nimmt Anteil an seinen
Projekten, lobt, kritisiert, inspiriert ihn. Auch kümmert sie

sich um seine Korrespondenz und um die Finanzen. Ohne sie geht nichts mehr. Warum musste sie gerade jetzt nach Ungarn reisen? Wegen einer Aufführung ihres Vaters, des alten Liszt? Der kommt doch auch ohne sie klar.

Richard Wagner tritt vor die Tür und atmet die kühle Bergluft. Gerne hat er, von Cosima allein gelassen, das großherzige Angebot seines Königs angenommen und ist für ein paar Tage hier herauf gezogen, in die komfortable Jagdhütte auf dem Hochkopf. Was für einen herrlichen Blick hat man von hier auf die Alpen! Und unten liegt tief und geheimnisvoll der Walchensee mit seinen unergründlich dunklen Wassern. Wagner geht wieder hinein in die Hütte und setzt sich an den einfachen Brettertisch, wo das Buch liegt, das er für Cosima schreiben will. Wenn sie schon nicht bei ihm sein kann, ihm für viele Wochen fehlen muss, so will er doch zumindest in einen schriftlichen Dialog mit ihr treten. »Das braune Buch«, so nennt er es wegen seines dunklen Ledereinbandes. Richard Wagner schlägt die erste Seite auf und greift zur Feder.

Ende August ist er wieder zurück in München. Oben auf dem Hochkopf ist sein Entschluss gereift. Noch heute will er mit der Niederschrift des Prosaentwurfes beginnen. Sein *Parsifal!* Wie lange trägt er das Werk schon in seinem Herzen! Endlich hat er sich Klarheit über den Handlungsablauf verschafft, endlich weiß er, wie die so komplizierte, so zwiespältige Figur der Kundry auszuführen ist. Wieder liegt das braune Buch aufgeschlagen vor ihm, hier hinein, für Cosima, will er den Prosaentwurf notieren. Schon lange hatte er sich mit dem Stoff beschäftigt, hat Wolfram von Eschenbachs Version gründlich studiert. Vor Jahren in der Schweiz – es war an einem Karfreitag, was ihm rückblickend als ein gutes

Omen erscheint – hat er die erste Handlungsskizze entworfen, die auch jetzt wieder vor ihm liegt. »Wer ist erwählt?« – unter dieser Frage steht alles. Parsifal natürlich ist es, er ist der Auserwählte, ohne es freilich selbst zu wissen oder zu ahnen. Gerade seine Ahnungslosigkeit, seine an Dummheit grenzende Naivität, befähigt ihn dazu. Er fällt nicht der Versuchung anheim, wie Amfortas, der kranke Gralshüter, nein, er bewahrt seine Reinheit und bleibt dadurch unangreifbar und unverwundbar. Wie der jüngste Bruder in dem Märchen vom Wasser des Lebens, der nicht wie seine untreuen Brüder auf den Weg achtet. Schnurstracks und ohne zu zögern reitet er geradewegs über den goldenen Weg zum Schloss, nur an seine geliebte Braut denkend, wodurch man ihn als den Retter erkennt und in das Schloss einlässt. So ist er auch, so ist Parsifal, der dem kraftlos dahinsiechenden Amfortas neues Leben bringt.

Schwierig ist die Sache mit der Lanze. Lanze und Gral gehören zusammen, das ist klar. Mit der Lanze hat man dem gekreuzigten Heiland in die Seite gestochen und dann mit dem Gral, dem Kristallkelch, aus dem Jesus beim letzten Abendmahl getrunken hat, das herabrinnende Blut aufgefangen. Wie aber ist die Lanze abhandengekommen, und wie ist Amfortas' Verwundung dramaturgisch zu begründen? Doch nur dadurch, dass er, als er der Versuchung erlag, die Lanze verlor und ihm mit dieser dann die so verhängnisvolle Wunde beigebracht wurde. Nun krankt mit ihm die ganze edle Ritterschar, und trübe verfärbt sich der Gral, seiner Heilkraft fast beraubt. Alle hätten ein schlimmes Ende gefunden, wenn, ja, wenn nicht Parsifal noch rechtzeitig gekommen wäre. Damit schließt sich die Handlung zu einem sinnvollen Ganzen, und Wagners Feder eilt rasch über das Papier. Cosima wird staunen! Schon ist er bei den Schlussworten angelangt: Kundry umschlingt Parsifals Füße und sinkt entseelt vor ihm nieder. Eine weiße Taube schwebt aus der Kuppel herab und kreist über Parsifal, Amfortas huldigend vor ihm auf den Knien.

Am nächsten Morgen nimmt Richard Wagner ein zweites, ebenfalls noch unbeschriebenes Buch zur Hand. Es ist ein besonderes Buch, Cosima hat es ihm geschenkt. Auf dem kostbaren Einband funkeln sieben Perlen, sie stellen das Sternbild des Großen Wagens dar. Richard Wagner gibt sich mit der Niederschrift besondere Mühe. Das Buch ist schließlich für den König bestimmt, seinen König, für König Ludwig den Zweiten von Bayern. Wie hängt der junge König an ihm, mit welcher fiebrigen Leidenschaft verehrt er ihn. Zu jeder Aufführung des *Tristan* ist er von Schloss Berg mit einem königlichen Sonderzug nach München gefahren, hat zuletzt die erschöpften Sänger noch zu einer Privataufführung gedrängt. Tränen sind ihm dabei übers Gesicht gelaufen, und vor Ergriffenheit hat er kaum ein Wort des Dankes stammeln können. Nein, es ist ein Glück, einen solchen königlichen Verehrer zu haben! Der König unterstützt ihn nach Kräften, liest ihm jeden Wunsch von den Lippen ab. Auch wenn Pfi und Pfo das natürlich nicht verstehen und ihn deswegen hassen. Pfi und Pfo! So nennt er sie, die beiden Schurken im Ministeramt, die den König, ihren Gebieter, so wenig ernst nehmen. All das Geld, all die königlichen Geschenke neiden sie ihm. Und sie betreiben Stimmungsmache beim Volk, indem sie üble Berichte in die Zeitungen lancieren. Ein hergelaufener Sachse sei er, ein Revoluzzer, der in Dresden Barrikaden erbaut habe, ein Sozialist, ein Republikaner! – Pah! Das ist doch alles Ewigkeiten her! Er hat längst seinen Frieden mit der Monarchie gemacht, vor allem natürlich dank des so spendablen jungen Bayernkönigs, seines Parsifals! Ja, Parsifal, so nennt er den König gerne, und die Augen des jungen Monarchen glänzen stets vor Freude bei dieser Anrede! Parsifal! Diese Abschrift sei dir gewidmet!

September, ein früher, leuchtender Morgen. Gott sei Dank, Cosima ist wieder zurück! Sie hat sich dem unheilvollen Einfluss ihres Vaters, des alten Liszt, erfolgreich entziehen können und ist ihm wieder in die Arme gefallen. Beglückt vom Zauber ihres Wiedersehens küsst Richard Wagner die noch schlafende Cosima auf die Wange und tritt vergnügt vor die Tür. Der Weg hinunter nach Sankt Bonifaz ist nur kurz. Bald klopft er an die Pforte des Benediktinerklosters. Pater Petrus erwartet ihn schon, neugierig, was der berühmte Musiker wohl von ihm will. »Nichts weiter, als dass ihr mich in die Mysterien der heiligen Messe einweiht«, sagt Wagner und lächelt verschmitzt. Der Pater verbeugt sich und macht ein erstauntes Gesicht. Aber Richard Wagner begegnet ihm mit einer solchen Liebenswürdigkeit, dass der Pater nicht länger zögert und ihn hinüber in die Kirche führt. Beide betreten sie den Altarraum und der Pater beschreibt und erläutert dem Komponisten die liturgischen Geräte. Ehrfurchtsvoll nimmt Wagner den reich verzierten Kelch in die Hand und hebt ihn ans Licht. Dann bittet er den Pater, mit ihm die Messzeremonien durchzugehen. Besonders interessiert sich Wagner für den Moment der Wandlung: »Wann und in welchem Moment genau wird aus dem Brot der Leib Christi und aus dem Wein sein Blut? Geschieht es, während Sie die Worte singen: Dies ist mein Leib, dies ist mein Blut? Oder geschieht es, wenn Sie die Hostie und dann den Kelch in die Höhe halten? Oder vielleicht erst, wenn die Ministranten die Schellen erklingen lassen?«

Diese forschenden Nachfragen bringen den Pater in eine nicht geringe Verlegenheit, so genau hat er sich das selbst noch nicht überlegt. Doch sein Gast lässt nicht locker. »Sagen Sie, Pater, wann überkommt die Gläubigen dieses ergriffene Frösteln, dieser heilige Schauer?« So diskutieren sie eine Weile hin und her, bis Wagner schließlich alles verstanden zu haben glaubt. Zum Schluss setzt sich der Komponist in die vorderste Kirchenbank und bittet den Pater, ihm nun noch einmal die Präfation vorzusingen, den Beginn des Hochgebets. Doch dem ist das peinlich, er will nicht recht. Der Herr Hofkomponist sei doch ganz andere Sangesqualitäten gewohnt, und seine Stimme sei, nun ja ... Doch Richard Wagner lässt all diese Einwände nicht gelten, sodass der Pater schließlich »Also gut« murmelt, sich räuspert, die Augen schließt und zu singen beginnt. – »Bitte noch einmal«, bittet Wagner ihn, als er schwitzend zu Ende gesungen hat, und so singt der Pater die Präfation ein zweites Mal. Aber erst, als er sie auch noch ein drittes Mal gesungen hat, ist Wagner endlich zufrieden. Er bedankt sich überschwänglich bei dem erschöpften Pater und geht beschwingt den Weg zurück zu seiner Villa in der Brienner Straße. Unterwegs summt er die Präfation nach. Ja, der szenische Aufbau der katholischen Messe, den wird er in seinen *Parsifal* mit einfließen lassen! Was für ein würdiges Weihefestspiel wird das werden!

Oktober. Mit rotem Kopf wandert Richard Wagner im Zimmer auf und ab. Pfi und Pfo stecken dahinter, das war klar! Abgelöst müssen sie werden, und zwar schnell, wer weiß, was für Unheil sie noch stiften! Gut, die Geschichte mit dem Geldtransport ist unglücklich gelaufen, hat die Stimmung der Münchner ungünstig gegen ihn gewendet. Mit Geldscheinen wäre das nicht passiert. Vielleicht aber ist ja bereits das ein Teil der Intrige gewesen. Nein, ganz bestimmt war es so. Je länger er darüber nachdenkt, desto klarer wird ihm das Schurkenstück. Auch dahinter stecken Pfi und Pfo, die beiden verlogenen Minister. So muss es sein. Vierzigtausend Gulden! Eine solche Summe zahlt man doch in handlichen Scheinen aus und nicht in Münzen! Das war doch nur vorgeschoben, als hätten sie kein Papiergeld vorrätig gehabt! Nein, hatten sie Cosima beim königlichen Schatzamt wissen lassen, sie könnten diese Summe im Augenblick nur in Silbermünzen auszahlen. In Silbermünzen! Vierzigtausend Gulden! Cosima hätte sich überhaupt nicht darauf einlassen sollen, hätte sie stehen lassen sollen, um zu einem späteren Zeitpunkt noch einmal hinzufahren. So hatte man ihr das Münzgeld säckeweise auf die Kutsche geladen, und als diese voll beladen war, eine zweite Droschke rufen müssen. Und zur Bewachung hatte die Kutschen dann noch eine ganze uniformierte Mannschaft begleitet. Völlig unauffällig. Mit so einem Tamtam fuhren sie durch München, um dann vor ihrem Haus in der Brienner Straße zu halten und vor den Augen der staunenden Passanten Geldsack um Geldsack hineinzutragen. Dass sich diese Geschichte herumsprach, war kein Wunder – und natürlich von Pfi und Pfo so bezweckt. Denn nun sind die Münchner Bürger erbost und aufgebracht und voll des Neides auf den so geldgierigen Hofkomponisten. Dabei hat der einfache Mann von der Straße nicht die geringste Ahnung, was er, Richard Wagner, für das Geld alles leistet! Und auch als Musiker hat man seine Ausgaben, und ein gewisser Luxus ist für ihn notwendig, denn nur in einer ansprechenden Atmosphäre findet er die Muße zum Komponieren. Die Leute stellen sich die Künstler wohl alle als arme Würstchen vor, die in Hinterhöfen kärglich hausen und ihre Noten auf altem Zeitungspapier niederschreiben.

Ja, Kunst wollen sie alle, aber zahlen will keiner! Keiner, bis auf den geliebten König! Die vierzigtausend Gulden hatte er sofort bewilligt, und auch die darüber hinaus erbetenen jährlichen achttausend hat der König gegen erbitterten Widerstand seiner Minister durchgesetzt. Und das nehmen ihm diese nun krumm, Pfi und Pfo vor allem, und sie rächen sich jetzt auf billige Art und Weise, indem sie das unschuldige Volk aufwiegeln. Ihre Vorgänger hatten mit der gleichen Masche schon bei des Königs Großvater Erfolg gehabt, als sie die Affäre Ludwigs des Ersten mit der Tänzerin Lola Montez öffentlich machten. Von wegen, der König hat das Sagen! Auch in der Monarchie regiert die öffentliche Meinung, und die kann man geschickt beeinflussen. Aber nun ist Schluss damit. Er wird mit dem König sprechen. Pfi und Pfo müssen entlassen werden, es ist höchste Zeit!

November. Prächtig liegt das Schloss Hohenschwangau im Schein der untergehenden Herbstsonne, als eine Kutsche die Straße entlanggefahren kommt. Richard Wagner betrachtet das grandiose Alpenpanorama. Eine Woche wird er hier verbringen, als Gast des Königs, und er wird die Zeit zu nutzen wissen ... Am selben Abend noch, nach der herzlichen Begrüßung seines Herrschers, ruft er die zehn Bläser zusammen und gibt ihnen genaue Instruktionen. Die Musiker lachen und sind sofort einverstanden. Nein, zu üben bräuchten sie nicht, das Stück gehöre zu ihrem Standardrepertoire.

Am nächsten Morgen in aller Früh richtet sich der König verwundert in seinem Himmelbett auf. Was ist das? Was weckt ihn da? Wo kommen die zauberhaften Klänge her? Er erhebt sich, zieht sich seinen seidenen Morgenmantel über und tritt ans Fenster. Tatsächlich, die Musik kommt

von draußen, von den Türmen! Dort oben haben sich rings-
umher die Bläser postiert, es blitzen die Posaunen und
Trompeten in der Morgensonne, und die herrlichste Musik
erklingt, während das Echo von den Bergwänden hell und
klar zurückgeworfen wird. Die Augen des jungen Königs
leuchten. *Lohengrin*! Der Weckruf aus dem zweiten Akt!
Donnerwetter, dieser Wagner! Was hat der für Ideen! Was
für ein Glück, ihn für eine Woche hier auf dem Schloss zu
haben. Eine Woche voller Musik.

In munterer Stimmung gehen sie am Nachmittag im
Wald spazieren. Der König führt Wagner auf eine Anhöhe
oberhalb des Schlosses, wo sich eine besonders schöne Aus-
sicht bietet. Hier wird es dereinst stehen, das neue Schloss,
Neuschwanstein, nicht so ein neugotischer Kasten wie Hohenschwangau, nein, ganz im klassischen Stil wird er es er-
bauen. Und einen Konzertsaal soll es bekommen, wie es in
Deutschland keinen zweiten gibt. Auf dem Rückweg nutzt
Wagner die Gunst der Stunde und spricht von Pfi und Pfo.
Das Gesicht des jungen Königs wird ernster. Eifrig nickt er,
ja, Wagner hat natürlich recht, nein, er braucht sich keine
Sorgen zu machen, er wird sein Kabinett umbilden. Nein,
nein, nur Leute mit der rechten Gesinnung könne er in seiner Nähe aushalten, es sei wirklich unerträglich, wie der
Neid gegen den verehrten Freund geschürt werde. Sobald
er zurück in der Hauptstadt sei, werde er alles Notwendige
veranlassen, Wagner solle nur unbesorgt sein, nein, ganz
bestimmt werde er das nicht vergessen!

Dezember. Viertausend Unterschriften, viertausend Menschen, die fordern, Wagner muss weg! Pfi und Pfo haben
ganze Arbeit geleistet. Alle Kräfte haben sie mobilisiert. Ab-
lösen lassen will sie dieser hergelaufene Notensetzer? Da

hat er sich aber kräftig überhoben! Pfi und Pfo entfachen nun ein Feuer der Erregung. Das Volk tobt. Wenn der junge König König bleiben will, dann bleibt ihm jetzt keine andere Wahl.

Es klopft an Wagners Tür. Ein Sekretär überbringt ihm einen Brief. Wagner öffnet ihn und fängt schrecklich an zu toben. Das wird er sich nicht gefallen lassen, er wird sogleich dem König schreiben, dann wird man ja sehen! Aber der König geht mit Wagners Antwortschreiben nur nervös auf und ab. Alle, die er gefragt hat, haben ihm denselben Rat gegeben, diesen bitteren, ungerechten Rat. Nein, er will diesen Ratschlag nicht hören, nein, er will seinen Freund nicht fortschicken! Aber vor der Tür stehen die Minister, warten auf das entscheidende Wort! Es hilft nichts, die Staatsräson fordert ihr Opfer.

Tags darauf besteigt Richard Wagner den Zug, der ihn außer Landes bringen wird. Er starrt aus dem Fenster und verwünscht Pfi und Pfo. Was für eine Zukunft hätte er hier in München gehabt! Über den König jedoch schimpft er nicht. Einen solchen Freund zu haben ist immer noch Goldes wert. Die jährlichen achttausend Gulden werden weiter fließen, das hat ihm der König versprochen, und was nicht weniger wichtig ist: Er wird ihm sein eigenes Schauspielhaus bauen, eine Oper, wie sie die Welt noch nicht kennt! Und wenn sie nicht in München stehen darf, weil die Banausen sie hier nicht wollen, dann wird er einen noch besseren Platz für sie finden. Und dort wird er es erklingen lassen, sein Bühnenweihfestspiel, seinen *Parsifal*!

(Aus: Johannes Wilkes: *Der Bär der Buddenbrooks – Münchner Literaturgeschichten*. Mönau-Verlag 2006, ISBN 978-3936657036)